创意写作书系

如何创作炫人耳目的对话

How to Write Dazzling Dialogue
The Fastest Way to Improve Any Manuscript

[美] 詹姆斯·斯科特·贝尔（James Scott Bell） 著

修佳明 译

中国人民大学出版社

·北京·

“创意写作书系”顾问委员会

译者序

詹姆斯·斯科特·贝尔至今已出版了超过十五本创意写作指导方面的著作，其中《如何创作炫人耳目的对话》这一本虽然篇幅有限，却以言简意赅的凝练风格和丰富典型的案例呈现脱颖而出，不仅是其个人著作中尤为精彩的一部，在市面上所能找到的对话写作指导书中也堪称翘楚。贝尔长年创作惊悚小说、主持创意写作工作坊并编写创作指导教材的经验，让他明白了什么样的指导书才能为有志成为作家的写作者提供最大的帮助，于是在本书力求目标明晰、指示精准、案例鲜明、解释到位，表现出相当高的有效性和职业性，奉献出一本真正做到读者友好（reader friendly）的著作。

本书虽然看似一本薄薄的小册子，大可以当作一本随身携带的指导/训练手册或参考书使用，但其结构完整，布局用心，紧密连贯，既为读者提供了具体而有效的练习和创作工具，也充分表达出作者之于对话写作的观点和态度，亦可作为对话创作的基础教材而详参。

全书可大致分为三个功能不同的板块：前三章提出对话写作的重要性和理论构想；第四到第六章给出提高对话写作的训练方法和技术秘方；最后一章列举对话写作中的基本议题和参考标准。由领入到展开，由理论到训练，由方法到操作，步步为营，不同的读者亦可各取所需：读过贝尔的其他著作而慕名购书的写作者，如果心急，大可以先从第二部分开始阅读应用；而比较成熟的写作者，有难解的疑问，甚至可以直接去第三部分寻找答案；当然，只有从头读起，才能真正领悟贝尔的对话写作艺术并融会贯通，因为他在描述对话的本质和形态时，着眼的是促进完整的叙事写作，背后指向的是一套关于职业写作的认识概念和体系。

对话为何重要？贝尔并没有引用巴赫金令人眼花缭乱的对话理论为自己徒增声势，而是开篇单刀直入地表示：如果你的对话不够吸引人，在投稿的初审阶段就要被编辑毙掉。想以写作为职业？先把对话练好。

在某种意义上，对话决定着一部手稿的下限。如果一部手稿的情节和结构安排不当，不可能孕生出理想的对话；而即使作者已经构思出很好的故事，如果对话平淡如水或惹人厌烦，这部作品也很难及格。反之，如果一部手稿中的对话像模像样，那么整体的质量也不会太差。贝尔用异常简短的篇幅强调对话的重要性，却以直白的逻辑表示：这是一本写作者的必备手册。

在贝尔看来，能够吸引住编辑和读者的精彩对话必须具备两个基本要素：议程（agenda）和冲突（conflict）。议程即为一个人的目标和计划，两个或多个对话者议程交叉相悖，便可以导致冲突。有了冲突，对话才有了基本的活力，才能够提供推动故事发展的动力，而并非乏味的填充。

贝尔在成为惊悚小说家和创意写作训练师之前，曾是一名律师。由法律行业转为惊悚小说作家绝非孤例，如著名的辛普森杀妻案公诉官玛莎·克拉克。我们大致可以推测出，法庭辩论的经验对于他们的对话写作有着潜移默化的影响，他们也许因此在以冲突为核心的惊悚小说创作中占据了先天的优势。贝尔以一种后知后觉的姿态，毫无保留地把自己对话创作中经历的挫折历程记录整理在册，总结出："……伟大的脚本能够让精彩贯穿始终，因为他笔下所有的人物，每一个人，都在追逐着某样东西。同时，他们被置于各自恰当的位置，从而得以随时在每两个人物之间发生冲突。这正是对话炫人耳目的重大秘诀。”

有的读者或许会问：可我们日常生活中的对话并不总是充满冲突，这样刻意制造冲突是不是会影响真实的感觉？

贝尔明确表示，小说、剧本乃至非虚构叙事文学的创作，都不是为了复制真实，而是“利用感觉上似乎真实的东西来创造一种想要实现的效果。”通过制造有冲突性的对话，拴住读者，让他们进入你笔下的世界，去那里寻找你想要传达的真实，这正是炫人耳目的对话的价值所在。

当然，对话绝不仅仅是一个噱头或引子，贝尔指出，它在小说中有五种具体的功能：呈现故事信息、展示人物、奠定基调、设计场景和传达主题。但是，“它不应该作为一种向读者提供信息的偷懒方式来使用，也不应该用来宣扬作者的世界观。”只有以恰当的方式使用对话，才能在这些具体功能的实现中发挥对话的价值。其中涉及具体的词汇选择、语法应用、地域性和同伴群体的表达、冲突的调节和节奏的掌控诸般细节，书中自有交代。

在明确好的对话是什么以及不是什么之后，贝尔给出了五套针对对话的写作训练、四种加强对话中冲突和张力的方法以及十一个塑造精彩对话的最佳工具。这些都是真正有效的提示，步骤与材料兼备，附以从实践中总结而来的注意事项，是本书可以随着阅读无限增厚的一个部分。也是读者主动参与的核心部分。

具体的细节不便在此剧透。但贝尔文中的一句勉励之语不妨提前告知：“这样做很辛苦，但是成为一个更好的小说作家本来也不是容易的事情。随着你不断练习对话的‘肌肉’，你的每一页文字也会变得更加强壮。”

贝尔很聪明地把对话写作中的“十大议题”放在全书的末尾呈现。这些议题包括：标点，引语源、副词、动作标签，方言，背景故事，内部对话，实验，咒骂，主题式对话，喜剧调剂和旧时期对话。可见这是对话写作中最为基础的话题，然而零碎、烦琐，如果放在全书的开头，很容易让读者失去方向感或心生腻烦，而放在最后却成为绝好的参考内容。贝尔为每一个议题提供了解决方案，建议拥有此书的读者在写作过程中，有需要的时候翻阅查询。

除了精心的布局和完整的结构，本书的语言风格和案例排选也可圈可点，不乏亮眼之处。

贝尔的好莱坞经历，让他得以在行文中穿插各种有趣的“行话”，如用“鼻尖上的对话”形容没有惊喜的平淡对话。

同时，他自己也创造出形象的“术语”，如“坐下来喝杯咖啡场景”和“冥想式开篇”，等等，令人印象深刻，过目难忘，别有一番魅力。然而最为可贵的一点，是贝尔的语言直白、简练。不重复、不婉转、不隐晦，单刀直入，顺流而下，阅读时有种停不下来的感觉，又常常希望读到更多文字，却发现其实说过的已经足够明白。可谓有效、职业。

这种感觉也出现在贝尔的举例方式中。对于每一个问题，他几乎只举一个例子，却足够有代表性，能够完全呈现和补充想要表达的观点。如他对于《飘》《马耳他雄鹰》和海明威的引用，截取的篇幅常常很短，却恰好能够说明对应的问题。当然，这些例子在他自己其他的写作指导书中也不乏反复利用，或许比任何人更熟稔于心。他自己编造的反例，更加凝练而令人印象深刻，比如在第三章中，他为了说明什么叫作“把信息笨拙地塞给读者”，编造了这样一句对话：“你好，阿瑟，来自巴尔的摩的我的家庭医生，快走进我在知更鸟巷的这座房子里吧!”并配以一句干净利落的解释：“在这里，两个人物彼此心知肚明的信息被口述出来，破坏了小说真实感的幻象。”

本书虽篇幅有限，却考虑到对话写作中的各种情况。如果你在看美剧《纸牌屋》，认为男主角自言自语解释剧情和心理的说话方式不符合贝尔的标准，那么不要忘了书中早对此专辟一节讨论，只不过使用的例子换成了他熟悉的《马耳他雄鹰》。一部作品中的每一句对话不可能都成为令人难忘的经典，我们要做的是要在保持平均水准的基础上，发挥各自的天才。用贝尔的话就说："在你的对话中，什么时候采用哪种策略，都由你说了算。只是一定要有意为之。像管弦乐队指挥手中的指挥棒一样运用对话。放慢、提速，谱写乐章。"

这本小书得以译成，首先要感谢中国人民大学出版社陈曦编辑的信任，与她的合作向来相当愉快。我翻译此书的主要时段，恰值在北海与父母共度春节之时，正是他们对我的照顾和宽容，使我得以在温暖而安静的海边一笔一笔地写下翻译的文字。我要感谢一直陪在我身边的周旻，她是我每一次翻译的想象读者，从而让我不得不对翻译格外负责。我的朋友李惠、杨帆、赵烨和魏宇在困难时给我无限的帮助和支持，我向他们致谢。

最后有一点需要澄清：虽然本书原来的副标题为"能够提高你任何手稿的最快途径"，却并不能帮你写成《论语》或

《斐多篇》。但如果你是一位小说家、剧本创作者或者回忆录作家，换句话说，一切叙事文学的作者，我推荐这本小册子作为你首选的伴侣。

修佳明

2016 年 9 月于万柳

目　录

第一章 完善手稿的最快捷径

你是一位图书编辑或代理人，正要开始审阅一叠堆积成山的小说投稿。你倒好了咖啡，长长地叹了一口气，然后拣起今天的第一份来稿。首先，你跳过了封面和提纲。这能为你节省时间，因为如果文笔很糟糕，或者哪怕是仅仅达到平庸的水准，那么其余的部分也就没有必要再看了。在文稿的选用过程中，一个冰冷而严酷的事实就是：无论你在申请信上凝聚了多少工夫，在提纲的完善上倾注了多少努力，样章的前几页，却往往已经决定了作者的命运。

言归正传。你看了第一份投稿，而它的情况是下面这个样子：

第一章

莫妮卡坐在公园板凳上，看着眼前热闹的景象。男孩儿们和女孩儿们在沙坑里嬉戏。一个男人正在把飞盘扔向他的爱犬。那只狗快速地跑过绿色的草地，跃到空中，用它的嘴衔住了旋转的飞盘。喔，那只狗是多么欢快！要是莫妮卡也能再次重温这种快乐幸福的感觉，该有多棒！

理查德已经离开多久了？两年了吧？到现在，她早该释怀了。然而她却独自选择了一条一成不变而安全的路径。或许，生活正应当如此。在她的心中，曾经有过一个缺口，只有理查德才能填补。缺口吗？不，那是一处伤疤。

莫妮卡在八岁的时候，曾全心全意地想要拥有一匹竞赛马驹。她是在一次镇上举办的马驹展上相中它的。她的父亲带她去那里，是为了奖励她……

我不禁要问了：你真的在意这次奖励的缘由吗？这一段叙述，且不提开端多么缓慢，却又戛然而止，强行踏上了回忆过去的旅程。

但在我眼中，这里最主要的问题，是被我命名为“人物独想”的开场。这在新手作者的手稿中，简直太常见了。

于是，你把这份投稿丢到一旁，拣起了下一本：

第一章

“我就是不能接受！”罗伯特·麦辛盖尔抗议说。“只要我还是这个五口之家的一家之主，就是不行。天知道，在维多利亚女王陛下的统治下经营一份地产已经够难的了，可还要接受一个没有体面推荐的匈牙利仆人进入这座房子，你看他那道从左脸一直开到靴子底的伤疤，毫无疑问，那一定是他在三十多岁的时候在某个码头酒吧留下的。我告诉你，我就是不能接受。”

“那是当然，”他三十三岁的妻子詹妮特·麦辛盖尔附和说，“你总是最英明的。”

“谢谢你，我亲爱的，”罗伯特感激地说，“我现在可以摇铃叫茶了吗？”

“当然可以，另外，请让我们的管家卡德维尔把茶送到图书室吧。我真的太喜欢向外远眺我们的地产了。它离伦敦那么远，我们甚至可以称自己为乡巴佬了。”

呃嗬！多么洋洋洒洒事无巨细的对话！在现实世界中，没有任何两个人会如此与对方交谈。很明显，作者这样写，是为了向读者交代信息，只不过做得有点笨拙。

这篇也被你淘汰了。看起来，今天的工作是要耗上很长的时间了。也许你更想放下工作，玩几局“水果忍者”并喝掉剩余的咖啡。

但是不能这样，你必须得在这厚厚的一堆稿件里挖出个豁口来才行。于是，你只好再叹一口气，然后拿起第三份投稿。你看到的是如下内容：

> 第一章
>
> “你想谈点什么想法吗?”
>
> “关于什么的想法?”
>
> “嗯，关于任何事都行。就谈谈这起事件吧。”
>
> “噢，这起事件。没错，我是有些想法的。”
>
> 她等着他继续说下去，但是他并没有。甚至早在来到唐人街之前，他就已经下定决心要如此应对了。他对她说的每一个字，都必须要她从自己的口中硬抠出来才行。
>
> “你能把这些想法跟我分享一下吗，侦探先生?”她最终还是开口请求了，“我们的目的就是……”

你读到句子的一半就停了下来。与你刚刚读过的其他两份手稿相比，这一份可能更有戏，因为这里的对话是干脆而紧张的。

这意味着你瞬间便对这位作者产生了更大的信心，觉得他更有可能心里清楚自己在做什么。于是你暂停下来，查了查作者的名字。麦克·康纳利。嗯。这本书的书名是《最后的郊狼》（*The Last Coyote*）。

你返回到刚才正在读的章节，对话散发出持续的光彩。

正因如此，你才会继续读下去。

而炫目的对话，则完成了它的使命。

但是假如你在上面这一假设的场景中，不愿意扮演编辑或出版人，又会发生什么呢？或许你决定走自费出版的途径，而唯一关心的只是读者的反应。

对话的功效同样适用。读者们的反应和行业专家并没有什么差异，只不过他们是在潜意识的层面做出判断。精彩的对话将提升他们对作者的信心，而这回过头来，会让他们更有可能把你的整本书读完。

与此相反，稀松平常的对话则会消磨掉继续阅读的动力。

这多少说明了一点对话的重要性，你觉得呢？

事实上，我相信对话是获得小说作家技巧的最快捷径。

这同时也意味着，对话是完善你手稿的最快捷径。

而这也正是我写此书的旨归所在。

在最初开始学习小说写作技法的时候，我发现有关对话创作的有用材料少之又少。但由于我当时正在写剧本台词，所以不得不搞定这一点，而且要快！因为剧本实际上完全是角色之间的对话。于是，我翻阅了海量的剧本和小说，专门关注其中的对话。

我将我之所学记录下来，总结并创造出一些技巧和工具，并把它们应用于自己的小说创作之中。若干年后，在成为一名有出版经验的作家后，我开始在自己主办的有关小说写作技法的工作坊中传授这些技巧。

而我的这些材料，都将在本书中呈现。

下面，让我们从小说对话的定义出发：它是什么……而又不是什么！

第二章 对话是什么……而又不是什么

有一天，我正坐在星巴克愉快地读着书。旁边桌忽然降临了一场文明社会的灾难。我指的是那种无处不在的大嗓门打电话的讨厌鬼（或简称为“吵厌鬼”）。

你明白我的意思（我希望你不是他们中的一员!）。他们把电话放在耳朵边，觉得非得把嗓门提高几个分贝，才能让电话另一边的人听见。他们的每一次发音，都在敲击社交礼仪的界限，打碎了身边受害者妄图安静思考的全部希望。

更有甚者，我遇上的这位“吵厌鬼”还是最坏的一种——把持着绝大部分的说话机会，而且像马拉松一样没完没了。这位“吵厌鬼”看起来有能力连续聒噪整整一周也不停。而且据我所听到的内容来看，她所说的内容全部是无关紧要的废话。

幸运的是，我随身携带了抵抗噪声的苹果音乐播放器和耳机。但是在邀请丝滑柔顺的爵士乐流入自己耳郭之前，我还是抽出了一点时间，在电脑上敲下了她的几句发言。

“好吧，听着，你知道，他了解我，但是，你也知道，我想说的是，想对他说的是，你一直很不容易，为了做正确的事。你做的事情太另类了，所以梅根需要听你说，最诡异的是，你唯一害怕的东西恰恰是你需要的东西。我说的有道理吗？”

呃，并没有。我很想大声吼出来。所以请你别再说下去了！

好吧，也许对于那些吵闹的打电话的人来说，她的话是有意义的，但对其他任何人都并非如此。而这就意味着我们已经找到了一个小说对话“不是什么”的例子。从你笔下人物的口中说出来的话，一定要有一个目的。没错，有时候，那个目的本身或许就是喋喋不休地说废话，但这也仅仅是因为说废话对于人物完成某件事情是不可或缺的。下面我们就此话题继续展开讨论。

对话是什么

我最喜欢的一个关于对话的定义出自著名的剧作家和编剧——约翰·霍华德·劳森。我得补充一句，他是麦卡锡时代黑名单[①]上的一员。在《剧作理论与技巧》(*Theory and Technique of Playwriting*)一书中，劳森指出，戏剧对话应该永远都是“动作的压缩与延展”。

劳森认为，说话行为“由能量而非惰性所驱动”。因此，戏剧中的言说“正如在生活中一样，旨在拓宽行动的范围。它能够阻止并延展人们的所作所为；还能增加行为的强度。人们在某种情境中感受到的情绪，是从他们对于其范围和意义的感知中生发而来的”。

如果你把说话视作一种行动，就可以避免写出那种乏味而沉闷的对话。作为行动的言说会提醒你，小说中的人物之所以讲话，是因为他们想要推进自己的目标。

但是，如果我笔下的人物就喜欢说些琐碎的废话，也就是喜欢通过侃大山来打发时间，那该如何是好？

---

① 麦卡锡时代，指20世纪50年代初，美国参议院议员麦卡锡从政期间由极端反共主义发展而成的一段白色恐怖时期。1950年6月，《赤色频道：共产党在广播电视中的影响的报告》(Red Channels: The Report of Communist Influence in Radio And Television)列出150余位广播电视雇员名单，掀起麦卡锡时代列涉共“黑名单”的风气。麦卡锡时代于1954年正式结束。——译者注

本书脚注均为译者注。不再一一说明。

这样一来，你就需要弄清楚，他打发时间的缘由。

是缘于他对某件事感到紧张，还是缘于他试图隐藏一个秘密而极力想要回避真相？

人物口中说出的每一个词和短语，之所以被说出，一定是因为人物想通过它推进自己的目标。

简而言之，人物总有一个“议程”。

有一次，我加入了一个导演组，其中有一位干事专门负责组织重要的会议。每次当他在桌边坐下之后，要做的第一件事，就是要求进行一次“议程检查”。他会接受大家的建议，判断哪些项目是最相关的，然后按照优先级安排它们的次序。这总是能避免会议成为一次时间上的巨大浪费。

因此，编写炫人耳目的对话，第一个秘诀就是在每一个场景中，为你的人物开展他们各自的“议程检查”。

然后，把这些议程置于各自的反面。

假设你正在写一本小说，主人公是生活在南北战争爆发前夕的一位娇生惯养的南方小姐。在这个故事里，这位小姐（我们就叫她“潘西”好了）笃定心意，想要嫁给一位绅士。

然而问题来了。这位绅士即将迎娶另一位姑娘的消息刚刚公布。现在，潘西必须迅速采取行动，不然就将永远失去她所爱的人。

她谋定了一个计划。在绅士的祖宅，即将举行一场大型的烧烤聚会。潘西打算找机会单独与他对质，强迫他公开自己对她的爱。

这正是玛格丽特·米切尔设计《飘》（*Gone With the Wind*）的方式。(她同时还很有心地把人物重新命名为斯嘉丽)。

下面让我们进入烧烤聚会的场景。斯嘉丽成功地把她理想中的伴侣艾希礼·威尔克斯引入了图书室。然后呢？她开始说话了。她使用语言作为自己动作的压缩与延展。她有自己的议程，而且毫无避讳。她开门见山，脱口而出："我爱你!"

那么，艾希礼的议程又是什么呢？作为一名知书达理、品行无瑕的南方绅士，他必须阻止这种谈话继续进行下去。他虽爱着斯嘉丽，但不能说出口，也无法允许自己执着于此。于是，他试着甩出一句不走心的俏皮话：

“你已经把今天所有在场男士的心都收入囊中了，还不够吗?”

但是斯嘉丽没有退却。“艾希礼——艾希礼——告诉我——你必须——噢，现在不要拿我打趣！你的心属于我了吗？噢，我亲爱的，我爱……”

艾希礼把自己的手抵在她的嘴唇上，打断了这次爆发。现在，对峙开始变得真心而热诚起来了。下面是这一场景中的对话，其中并没有穿插任何叙述的成分：

> “你不能说这样的话，斯嘉丽！你不能。你不是认真的。你会因为自己说了这些话而恨自己，也会因为我听到了这些话而恨我的!”
>
> “我永远都不可能恨你。我告诉你，我爱你，而且我知道你也在乎我，因为——艾希礼，你在乎我吗？——你在乎，不是吗?”
>
> “是的，我在乎……斯嘉丽，我们能不能离开这里，忘记我们曾说过的这一切?”
>
> “不，我不能。你这是什么意思呢？难道你不

想——不想娶我吗?”

“我要娶梅兰妮了。父亲会在今夜宣布我们的婚约。我们很快就要结婚了。我应该早点告诉你，但是我以为你已经知道了。我以为每个人都知道这件事了——而且应该已经知道很多年了。我从未梦想过你——你是那么美丽，我以为斯图尔特——”

“但是你刚刚还说，你在乎我。”

“我亲爱的，难道你非得让我说出伤害你的话吗?”

斯嘉丽继续使用语言来试图说服他，她的爱比梅兰妮更好。当他始终不为所动后，她改换了策略。

“我会恨你一直到死。”

而当这样也无法达成她的心意时，她停下了言语，决定放弃“行动的压缩与延展”，转而采取真的行动。她扇了艾希礼一巴掌。

艾希礼走出了房间。

斯嘉丽在震怒下把一只搪瓷碗砸在了大理石壁炉台面

上。一个男人的声音忽然响起，“这有点过了。”

这是来自查尔斯顿的捣蛋鬼瑞德·巴特勒！当她和艾希礼的闹剧发生时，他一直躺在沙发上，没有被发现。

> “午后的小憩被一段强塞入耳的吵闹打断，这已经足够糟糕了，然而为何我的生命还要受威胁？”
>
> “先生，你早就应该申明你在这里。”
>
> “是吗？但是你们才是后闯进来的……”
>
> “先生，你太不绅士了。”
>
> “观察力不赖。而你呢，小姐，你也不是什么淑女。”

瑞德·巴特勒这一人物的出现，引入了另一项不同的议程，旨在轻松地嘲讽。他想让斯嘉丽放下她那趾高气扬的架子。当然，她绝无此意。

编写炫人耳目的对话，第一课，也是最重要的一课，就是理清场景中每一个人物的议程，以及议程之间的冲突。在你动笔前，可以稍作片刻停顿，草草地记下场景中每一个人物想要的东西，哪怕如库尔特·冯内古特所说，那只是一杯白水。

对话不是什么

对话并不是现实生活的言谈。它是一种风格化的言谈，作者通过人物将目的加诸其上。

这是一种至为关键的区分。在我们的小说里，我们并不仅仅想要捕捉现实。我们并不是在拍摄纪录片。

我们要做的，是利用感觉上似乎真实的东西来创造一种想要实现的效果。

现实生活中的言谈，常常是漫无边际而百般无聊的。

而小说中的言谈，则不会漫无边际（当然，除非某个人物有强烈的原因，需要喋喋不休）。

对话不是信息的超级高速公路。它不应该作为一种向读者提供信息的偷懒方式来使用，也不应该用来宣扬作者的世界观。完成这些事情其实有一些不那么惹眼的方法，这在本书后面的部分会有提及。

炫人耳目的对话，基础就在于此。它从一个握有议程的人物开始，指向另一个有议程的人物。无论他们各自的目的到底多大或者多小，只要存在冲突，对话就能奏效。下面，让我为你展示一个对话片断，它截取自史上最棒的对话电影《彗星美人》（*All About Eve*）。它讲述的是由贝蒂·戴维斯饰演的百老汇迟暮歌后玛戈·钱宁和她年轻的后继者——由安娜·巴克斯特饰演的伊芙·哈灵顿——之间的故事。而电影中最引人瞩目的却是那个下流、机智而又充满批判力量的叙述者艾迪生·德威特（由奥斯卡奖得主乔治·桑德斯扮演）。

在影片较早的一个场景中，玛戈正在纽约市自己宽敞无比的公寓中举办一场派对。她被德威特惹恼了，因为他微妙地暗示出她相对于目前仍在扮演的角色而言，有点太老了。于是，在这两人之间，发生了一次激烈的碰撞。

德威特带着一位迷人的年轻女士为伴，她叫作卡斯维尔小姐（在电影中由处于巅峰时期的玛丽莲·梦露扮演）。在卡斯维尔小姐这一方面，德威特的议程是在被人看到自己和她在一起时，尽量避免尴尬。她正挽着他的胳膊，因为他能回报给她事业方面的帮助，比如把她介绍给有名的制片人。现在，在这个派对上，德威特不想让她显得像个无脑的花瓶一样，以防有损他社交圣手的美誉。

卡斯维尔小姐的议程则是想讨好和迎合在场的每一个人，却并没有意识到她说的每一句话都戳中了他人的忌讳。

而伊芙的议程又是什么呢？哈，我还是不要把关于伊芙的所有事情都剧透给你了，那会破坏观影的乐趣。而且，或许你从下面这些对话中，就能够辨察出她的议程了。

玛戈（对艾迪生说）：“我记得一清二楚，已经把你的名字从宾客清单上划去了。你为什么还会出现在这里？”

艾迪生：“亲爱的玛戈，你扮演了一个让人难忘的小飞侠彼得潘——你一定要再演一次，越快越好。你还记得卡斯维尔小姐吗？”

玛戈：“我并不记得。您好。”

卡斯维尔小姐：“您自然不记得，因为我们是第一次见面。”

艾迪生：“卡斯维尔小姐是一位演员，毕业于科帕卡巴纳①戏剧艺术学校。”

（这时，伊芙走下楼，吸引了他的目光。）

“啊……伊芙。”

伊芙：“晚上好，德威特先生。”

玛戈：“我还不知道你们之前就已经认识了。”

艾迪生：“终于，这一次我们终于要正式介绍相识了。之前我们总是擦肩而过……”

卡斯维尔小姐：“你和我就是这样遇见的。擦肩而过。”

玛戈：“伊芙，这位是德威特先生母亲的一位老朋友——卡斯维尔小姐，哈灵顿小姐。艾迪生，我想把你介绍给伊芙认识，已经有好久了。”

艾迪生：“然而您并没有提起过，这完全是您天生的胆怯所致。”

---

① 巴西城市，以绵长的海岸线著称，并有同名歌曲风靡世界。

玛戈：“你听说过她对戏剧很感兴趣吗？”

艾迪生：“在这一点上，我们是相同的。”

玛戈：“那你们二位一定有更多话可谈了。”

伊芙：“我想，德威特先生很快就会觉得我无聊了。”

卡斯维尔小姐：“你不会让他感到无聊的，亲爱的。你甚至都不需要开口说话。”

艾迪生：“亲爱的，靠近我一点。”

（卡斯维尔走近他，他用手指了指。）

“那是麦克斯·法比安。他是一位制片人，快过去给自己捞点好处。”

卡斯维尔小姐：“为什么他们看上去总是像不开心的兔子呢？”

艾迪生：“因为他们本来就是。快过去吧，让他开心起来。”

约瑟夫·曼凯维奇伟大的脚本能够让精彩贯穿始终，因为他笔下所有的人物，每一个人，都在追逐着某样东西。

同时，他们被置于各自恰当的位置，从而得以随时在每两个人物之间发生冲突。

这正是对话炫人耳目的重大秘诀。

然而，要想让一段对话发光，你还有太多其他可以做的事情。

第三章 编织故事：对话的真正艺术

小说中的对话有五种功能。在以下所列中，至少要有1～2种在发挥作用，否则你就是在拿文字填满空格罢了。

1. 呈现故事信息

2. 展示人物

3. 奠定基调

4. 设计场景

5. 传达主题

故事信息

在小说中，说明的成分是必不可少的。（虽然没有很多写作者以为的那么多!）我们所谓的“说明”，是指读者为了了解故事的走向不得不了解的信息。

传达这些信息有两种方式：通过叙述或者通过对话。

使用叙述，有时是因为它可以把信息抛在一旁，不影响故事的继续，比如这样：

> 弗兰克是盖尔森店里的售货员，他在那里已经工作

十年了。

还有另一种方式可以使用，就是把信息嵌入叙述之中，形成对人物内在生活的反映：

> 弗兰克讨厌在盖尔森店里做售货员，这项苦差事已经耗费了他十年的青春。

对话有时候是一种更艺术化地呈现故事信息的手法。但是一定要把握住这一要点：绝不能让读者感觉到你是在单纯地把信息输送给他们。

我来解释一下这是什么意思。我总会在别人手稿的开头看到这样一种对话：一个人物正在同另一个人物讲话，但是总有那么一点信息，非要笨拙地偷偷塞给读者，比如："你好，阿瑟，来自巴尔的摩的我的家庭医生，快走进我在知更鸟巷的这所房子里吧！"

在这里，两个人物彼此心知肚明的信息被口述出来，破坏了小说的真实感幻象。为了阐明目的，我使用了一个很极端的例子。那么，让我们再看另一个例子。这节选自老电视剧《佩里·梅森》（*Perry Mason*）其中一集的开头，《佩里·梅森》从20世纪50年代末一直播出到60年代初，在那个年代，人们经常使用说明性的对话来撑起一小时长的剧集。在这一集中，一个男人和一个女人正站在一节火车车厢里，火车还没有启动。

哈里特："我还是希望能和你一起去墨西哥，而不是留在洛杉矶这里。"

劳伦斯："哈里特，这次旅程太危险了。那是马德雷山区最崎岖陡峭的地带。那里绝对不适合女人，尤其是我的妻子。那里甚至对于业余的考古学家来说都是一个险地。你能陪我走到科尔格罗夫车站这么远，我已经很感激了。"

你看到此处发生了什么吗？这就是作者在通过说明性的对话向读者输送信息的行为。

我们需要警惕的第一件事，就是一个人物口中说出参与对话的两个人都已经知道的东西。在上面的例子里，他们两个人都知道他们住在洛杉矶。他们两个人都知道她是他的妻子。他们两个人都知道他是一个业余的考古学家。他们两个人都知道他将要前往马德雷山区。而且他们两个人还都知道，他们已经走到了科尔格罗夫车站这么远。

再一次强调，我们对于在50年代一个小时长的电视剧中出现这种情况，表示理解。但是别忘了，你要写的可是一本小说。

在我曾经执教过的一次讨论课上，一个学生提交了一篇手稿，内容如下（经本人授权公开）：一个女人（贝蒂）因为自己儿子的死要报复社会，她四处放置炸弹。现在，她把一位法医调查官（一直紧盯着她不放的凯特）逼入了绝境，并威胁要杀了她：

> 贝蒂俯视着凯特。听到儿子的死被重提，她脸上胜利的笑容化为愤怒："你为什么要操心？"
>
> "因为，如果我的儿子身上发生了某件可怕的事，我为了保护他，一直瞒着他。而他却因为发现了这件事而死去，那么我一定会责怪为此负责的人。"凯特觉得，她应该尝试一下同情战术，而她也确实为贝蒂和她的悲

惨遭遇感到深深的哀悯。但她随即看到，贝蒂用以回应她这段话的，却是狠狠的眼神。

在这个紧张的时刻，凯特向贝蒂陈述了一些相关的事实，但这种对话却显得相当不自然。长长的台词里，塞入了很多信息，而感觉上这更像是在为读者而非戏中的角色服务。

我告诉那个学生，回过头去，把一切对于人物和情绪节奏不绝对真实的对话全部砍掉。她们二人真正应该发生的对话，究竟应该是什么样子的？

也就是说，处理说明性对话的正确方式应该是怎样的？

首先，要确定有多少说明性成分是你真正需要的，尤其是在你的小说中靠前的部分。我的原则是：先行动，后解释。如果正在进行的行为是有效的，那么读者会愿意为后续的说明性材料等上很长的一段时间。

事实上，通过不揭开特定行为和对话背后的原因，你正是在制造悬疑，而这对于任何一种文体都有好处。读者们热爱胃口被吊着的感觉。

其次，一旦你清楚了自己需要展示的信息，就要把它放入焦灼激烈的对话交谈中去。

换句话说，就是把说明藏入冲突之中。

设想一下，你正在安排一对曾经的恋人在他们 30 周年高中同学会上重逢。不太用心的作者也许会做如下的处理：

> 他穿过房间看到了西尔维娅，脸颊热了起来。自从在小木屋度过那个夜晚以来，他再也没给她打过一次电话。他在学校里躲着她，甚至每次在大厅里看到她的身影，都会跑着避开她。
>
> 前两次同学会，她都没有出现，这让他倍感侥幸。可现在，她就在这里，正朝他走来。
>
> “你好，山姆。”她说。
>
> “嗨，西尔维娅。”他说，“再看到你，我很高兴。”

这样写是可以的。成立。信息全部交代完备。可是，如果像下面这样写呢？

> 山姆感到肩头被人拍了一下，于是转过身来。

“你好，山姆。”

他的嘴张开一半，合不上了。

“你的舌头被猫叼走了吗？”①

“西尔维娅？”

“你不打算给我一个拥抱吗？”

“什么？噢，当然了。”

他献给她一个拥抱，觉得自己的怀中捧到了一块冰。

“看看，现在不是好多了。”西尔维娅说。

“好多了？”

“你后来为什么没有给我打电话？”

“噢，天哪，西尔维娅——”

“山姆，你的脸怎么红了？你是有什么话想对我说吗？我就知道！你可以跟我说说，为什么你没有来电话。”

① 美国俗语，表示“无言以对”。

这里面至少传递了“一吨重”的信息。你还可以用动作和内心描写来补全这段对话。读者不需要在一开始就得到所有的信息。事实上，如果他们没有掌握发生的全部内容，反而能够产生更多不安的感觉。

奥里·希特是活跃在20世纪五六十年代的一位平装书原创作家，他写的小说被礼貌地称为“热气腾腾的快餐读物”。但是他很懂得自己的手艺，而这在下面这个例子中可见一斑。在他的小说《火中送肉》(*Add Flesh to the Fire*)中，一个男人的前妻回头找他。他不想与她再扯上任何关系，而她则正在把自己的肉体奉献给他：

“宝贝儿，你在这里想得到的东西，随便去哪个酒吧都能捡到。”

“别说了。”

“我就是要说。你以为我是什么人？疯子吗？你和我的亲哥哥跑了，跟我离了婚，还告诉我，他比我强。然后，两年过去了，你又出现了。你是想让我铺下红毯欢迎你吗？是想要我拜倒在你的石榴裙下？”

"我不怪你对我心怀怨恨。"

"怨恨两个字根本无法形容我的心情!"

她试着凑过来摸我的脸，但我把头扭向一边。

还有一种说明的类型，与情节的节点有关。比如，在达希尔·哈梅特的《马耳他雄鹰》（*The Maltese Falcon*）中，为什么每个人都对那只黑色的鸟穷追不舍？其中的一个人物，卡斯帕·古特曼是这样解释的：

"斯佩德先生，从这只黑鸟身上，到底能捞到多少钞票，你有哪怕一点点概念吗?"

"并没有。"

这位胖子再次让身体向前倾斜起来，把一只臃肿的粉色大手放在了斯佩德的椅子扶手上。"那么，先生，如果我告诉了你——上帝作证，哪怕我只告诉你一半——你一定会说我是个骗子。"

斯佩德微微一笑。"我不会的，"他说，"哪怕我心里会这么想。但是如果你不愿意冒这个险，就干脆只告诉我它是什么，让我自己估算其中的油水吧。"

胖子大笑。“你估不出来的，先生。没人估得出来，除非他一辈子都在跟这种东西打交道，然而，”他别有深意地停顿了一下，“世界上也没有其他这样的东西了。”他再次大笑起来，膝盖不停地互相撞击。突然，他收住了笑声。他厚厚的嘴唇张开着，笑意全无，用一种近视似的关注目光盯着斯佩德，问：“你的意思是，你不知道它是什么？”惊讶让他的嗓音都变了。

斯佩德漫不经心地拨了拨手中的雪茄。“哦，见鬼，”他轻描淡写地说，“我知道它长什么样子。我也知道你们这些人为它付出了多少生命的本钱。但是我还真就不知道它是什么！”

注意观察哈梅特在这里做了什么。他用对话传达了那只黑鸟的价值，但是并没有使用一大段笨重的文字。他在一段穿插着停顿、自我打断和行动的对话中，把这个信息一点一滴地透露出来。如此这般的做法，可以让对话和场景本身永远不会显得凝滞不前。

几页之后，古特曼讲述了马耳他雄鹰的完整故事，那在本质上可以算是一段演说了。哈梅特另外开辟了新的段落，让他丝毫不受干扰地讲述，这里最关键的地方在于，这个信息本身就是有趣的！所以，如果你也想让自己笔下的人物发表一通演说，千万要确保他不是个无聊的人。

展示人物

继续看《马耳他雄鹰》中的一段交谈。难啃的硬汉斯佩德在办公室迎接乔尔·凯罗的来访，这是一个“骨骼细小，中等身高的阴鸷的人……身上散发着西普香水的气味”。

> “请坐，凯罗先生。”
>
> 凯罗脱帽弯腰，举止考究地鞠躬致意，用又尖又薄的嗓音说：“谢谢您。”方始落座。他优雅地坐下，脚踝交叠，把帽子放在膝盖上，然后开始摘下黄色的手套。
>
> 斯佩德重重地靠在椅背上，问：“凯罗先生，请问找我有何贵干？”
>
> “您愿意允许一位陌生人表达对于您同伴不幸故去

的哀悼吗？”

“多谢。”

“恕我冒昧，斯佩德先生，在这起不幸意外与稍后发生的名为瑟斯比的人的死亡之间，是否如报纸所讲，存在着某种——呃——联系呢？”

斯佩德不动声色，一言不发。

凯罗起身再次行礼。“请您见谅。”他再次坐下，两只手掌向下摊开，并排放在桌角上。“斯佩德先生，我有此一问，绝非纯粹出于好奇。我在试图还原一个——我可以这样说吗？——嗯——被误导的描述。我希望您能助我一臂之力。”

斯佩德点了点头，抬起眉梢，表示出感兴趣的意思。

仅仅从这段对话中，我们就能够得出大量有关这两个人物的结论。什么样的人会像凯罗一样讲话呢？一定是那种“有教养”并带有一股乡绅气息的人。

另一边，斯佩德在对话的进行中只说了一个词。其他时候他都以沉默应对。

人物还可以通过关系进行展示。查尔斯·莱德雷尔为霍华德·霍克斯的经典作品《女友星期五》(*His Girl Friday*)完成了脚本的创作。这部电影是基于本·赫克特和查尔斯·麦克阿瑟合作的著名戏剧《满城风雨》(*The Front Page*)改编而成的，而赫克特一直被誉为最伟大的对话大师之一。戏剧讲述的是有关报纸记者希尔迪·约翰逊和他的编辑沃尔特·伯恩斯的故事。伯恩斯想把约翰逊留在报社，因为他是一个不可多得的好记者，而约翰逊则想要辞职去结婚。

电影中的一个天才改动，是把希尔迪的身份转变为一个曾经嫁给过伯恩斯的女人。注意看下面一段交谈，看看我们能够从中了解到有关人物的哪些方面。有一些是通过动作呈现的，例如，伯恩斯没有像一位绅士那样去帮希尔迪点烟，反而是把火柴丢给了她。

有关两人关系的细节，藏在了并不会激怒谁却充满微妙的紧张感的对话之中。两个人都想赢对方一筹。

希尔迪："请问，能借我一支烟吗?"

(伯恩斯把手探进口袋，抽出一支香烟，扔到了桌子上。希尔迪伸手把它够了过来。）

希尔迪：“谢谢，还有火柴呢？”

（伯恩斯再次把手探入口袋，这回掏出了一盒火柴，丢向了希尔迪。希尔迪灵巧地接住火柴盒，划着了火柴。）

伯恩斯：“多久了？”

（希尔迪点燃了她的香烟，吸了一口，然后挥灭了火柴。）

希尔迪：“什么多久了？”

伯恩斯：“你知道是什么。离我们上次见面，有多久了？”

希尔迪：“让我想想。我在里诺待了六周，然后是百慕大……噢，大概有四个月了，我猜。感觉上次见面就像昨天一样。”

伯恩斯：“也许就是昨天。你一直都在梦里见到我吧？”

希尔迪：“没有……妈妈再也不会梦见你了，沃尔特。你现在已经认不出你的旧爱了。”

伯恩斯：“哦，不过我会认出来的。我会认出你的，不论何时——”

伯恩斯和希尔迪同时说：“——不论何地，不论哪里——”

希尔迪：“你在重复自己的话！这是你求婚那天晚上发表的演说：‘不论何时——不论何地——不论哪里！’”

伯恩斯：“我发现你还记得。”

希尔迪：“我永远也忘不了。如果我不记得，就不会跟你离婚了。”

伯恩斯：“你知道，希尔迪，我有点希望你没这么做。”

希尔迪：“做什么？”

伯恩斯：“跟我离婚啊。那有点让一个家伙对自己失去信心了。那几乎让他感觉，他不再被人需要了。”

希尔迪：“好家伙！你听我说，沃尔特，离婚的目的正在于此。”

伯恩斯：“胡说八道。你是那种抱着传统观念不放的人，认为离婚是永久的……直到‘死亡我都要分开’。有什么呢？离婚在今天已经没有什么特别的意义了。那只不过是你对法官嘟囔的几句话罢了。我们之间有些事情是没有什么可以改变的。”

希尔迪：“我想，从某个角度来说，真是这样。我确实是中意你的，沃尔特。我常常祈祷，要是你没那么让人讨厌就好了。”

伯恩斯：“好吧，这可是句好听的话。”

希尔迪：“你说，你曾经对我承诺过，不会抵制离婚这件事，为什么现在又想食言，想把一切都推翻呢？”

伯恩斯：“我当时确实是想放手让你走的——但是你也知道，只有失去后才会懂得珍惜。”

当使用对话来展示人物时，需要考虑以下几点：

1. **词汇**

你笔下人物的教育背景是什么样的？对应着特定背景，他们应该掌握哪些词汇？

如果你笔下的人物受教育程度有限，却试图使用“大词”来塑造自己的形象，又会如何？这也可以成为人物性格的一个提示了。也许，这个人物正满怀善意地努力挣扎，想要提升自己在生活中的定位。

此处的要点是，要把词汇看作你加深自己对人物理解的一个重要方面。

2. **句法**

当一个人物的母语不是英语的时候，句法（词语的排列顺序）是提示出这一点的最佳方式。

例如，一个刚刚抵达的波斯尼亚人或许会说："您能请告诉我，在哪里是卫生间吗？"（"Can you tell me please where is bathroom?"）

当一个人物试图用高人一等的方式讲话时，句法也可以作为他尝试的一部分。我们在《马耳他雄鹰》中结识的老朋友乔尔·凯罗就会如此讲话："不，不。我们私下的谈话并没有如此让我迫不及待地想要继续下去。原谅我说话如此唐突，但这是事实。"（No, no. Our private conversations have not been such that I am anxious to continue them. Forgive me for speaking so bluntly, but it is the truth.）

3. **地域性**

你知道你笔下的人物来自这个国家的哪个地方吗？那里

的人都是怎样说话的？

我来自洛杉矶，所以我始终搞不清“晚饭”（supper）到底指的是什么。但是来自密西西比的人们似乎就没有这方面的困扰。

4. **同伴群体**

围绕某一种特别的专长——法律、医药、冲浪、滑板——团结起来的群体都有各自常用的一套行话，这些都会大大提高真实感。发现这些行话的最佳方式，就是去采访这些群体中的成员。直接去问他们就好了！

奠定基调

你所创作的每一本书，都是通过故事中人物互相之间说话的方式来得以显现的。你能辨别出下面这些对话分别出自哪种文学类型吗？

> “我问你，多丽丝，我们是该在露台还是画室共进午宴？”

“我更喜欢露台。每年的这个时节，花园里的景色都太可人了。”

“闪开，姐们儿，不然有你好看的！”

“我真的爱你，罗斯，真的。但我不能让弗兰克失望。”

“我给你的东西，弗兰克永远也给不了你。你和我之间所拥有的一切，你和弗兰克都无法拥有。”

“别这么说，求求你了。”

“我认为我们最好去镇上。”

“我认为你是对的。”

“你认为我们能找到点刺激？”

“我认为我们可以。”

“很好，因为这是有关‘认为’的一天。”

你懂的。对话会在读者那里产生累积效应。这会为你所写的书奠定一个基调。你希望这个基调是什么样子的，一定要刻意为之。

设计场景

对话还可以帮助读者身临其境地经历场景。

首先，人物对于他们周边环境反应的方式能够告诉我们地点所在以及对其产生反应的人。

> “哥们儿，这地方太诡异了。这些吊下来的葡萄藤是怎么回事儿?”
>
> “我恨旧金山！我恨这里所有的山、所有的雾和眼睛长在头顶的姿态。”

其次，对话是建立起场景动态感的最佳方式。

与其像下面这样写：

> 我刚走进审讯室，特工霍夫斯特拉就命令我坐下。我顶撞了他两句，但是他完全掌控了局面。他略带暗示地威胁了我一下。我决定还是坐下为妙。

不如试试这样写：

“坐下。”特工霍夫斯特拉说。

“不太想坐。”我说。

“你现在可不是在街头。在这里，我说什么，你就做什么。”

“我屁股疼。”

“再过一会儿，你疼的就不只是屁股了。你看看我们所在的这个小房间。你看到有摄像头吗？或者任何摄录设备？”

我决定还是坐下为妙。

传达主题

“如果你只是想传递一个信息，不如试试西部联盟[①]。”电影巨头塞缪尔·戈尔德温如是说。他心知肚明，观众首先想要的，也是最想要的，是一个故事。他们并不想听一堂课

① 此处的“西部联盟”应指美国西部联盟电报公司，其停业前是全美最大的电报公司；而非指国际特快汇款公司“西联”。

或一场布道。

当然，有很多作家着实在意信息，或称为主题，而这在对话中导致的危险，是让人物仅仅变成信息传递的口舌。这也就是所谓的“说教式”。

避免这一点发生的办法，是把主题嵌入到冲突时刻下的自然对话之中。和说明成分同理，一场焦灼的交谈，能够“掩护”你的行动。在第七章中“主题式对话”这一小节中，我将为此提供一种具体的方法。

对于小说中对话存在的目的，你已经了解了。现在，就让我们开始为此来训练你的耳朵吧。

第四章 针对对话的训练

在远古的斯巴达城邦，可没有人游手好闲。

男孩们在七岁时全部参军，在之后的十年里接受严苛的训练和军事战术的教育。他们每天摔跤、拳击、投掷标枪，常常让自己的身体暴露在最艰苦的条件之下。

斯巴达社会中的女人，也要训练身体上的强韧。谁也不知道哪一天，你将不得不拿起长矛，刺向那些试图霸占你帐篷的雅典人。

不用想也知道，没有人愿意与斯巴达人为敌。

这对于作家们的启示便是：要学会摔跤和投掷长矛。

以及，要为了对话而训练你的耳朵。

下面这些练习，将会有助于你完成训练。

声口日记

在筹备一部小说时，我最喜欢的练习之一，就是声口日记。这是一份以人物的口吻组织而成的一种形式自由的文件，或者说是意识流。

我怎么知道一个人物的声口听起来究竟如何呢？我迅速

地抛给他们一些问题，然后让他们讲话。我以极快的速度完成这些操作，并不多加思考。

我等待着这样一个时刻的到来：人物开始以一种在我计划之外的声口对我说话。

而这总是会发生的。当人物开始取代我而展开自己的生命时，有趣的东西就出现了。

我不希望自己笔下的人物一开口总是腔调一致，而声口日记恰恰可以帮你避免那种情况的发生。

最近，我正着手创作一个故事。下面这个例子，就摘自我为其中一个人物所写的声口日记。

> 嗯，没错，我干了14年的警察，这一行干久了会陷进去。就是这样，你穿上防弹衣，采取行动，应付过去。我老婆应付不过去，就跟我离了。当然，我们还是朋友什么的，但是我又交往了一个小姑娘，每半个月才能挑个周末跟她约一次。这真是瞎扯淡。但是我觉得，她还是跟她妈在一起过得更好。
>
> 有时候，我会去滑冰场，可我自己从来不滑。我打

小就不会滑冰。我的脚脖子总是往里拐，我爸老是因为这事嘲笑我。所以我也总是嘲笑别人。这挺解气的。他们又不知道我在笑，所以这又能碍着谁呢？有一天，有个家伙在市政厅门口的台阶上摔倒了，就是那种流浪汉，你懂的，就是他们中的一个。他就那么摔下去了，当着一帮人的面。有个女的过去扶他。

　　而我呢，我笑了。

制作这份日记时，不要着急。不要指望一次就能全部完成。对于我的主要人物，我总会回过头来，添添补补，分析，打磨。

对于你的次要阵容，你可以把日记控制得短一些。关键在于要做到让每一个在你的小说中发言的人物，都具备他或她独特的用语模式。

出声

当你把自己的对话读出声时，你会对它形成一种完全不同的把握。你的头脑像是从外界“听到”了它一样。

你还可以让你的打字软件（如 word）把文本“读”给你。这样一来，你又会产生一种全新的体验。

这项练习将让你为对话准备的“耳朵”更敏锐，并有更大的广度。

改写电影脚本

另外一种很棒的针对小说对话的训练，是去读电影的脚本，然后把其中的场景改写成叙述形式。（你可以在网上找到很多合法的电影脚本资源，如 www. imsdb. com。）

剧本主要由对话构成，夹杂着少许的指令。把这些元素提取出来，重新写成小说。

然后倒退一步，再来看看其中的对话。小说和剧本中对话的工作方式是一样的吗？你要如何改动，才能让它效果更好呢？

下面这个例子，是保罗·纽曼的电影《铁窗喋血》（*Cool Hand Luke*）中的一段。这是冷血无情的监狱长与他的新囚犯卢克·杰克逊的首次会面。

卢克。“到！长官。”

监狱长：“恶意损坏市政设施，造成不良影响，这是怎么回事？”

卢克：“我把停车计时器的头砍掉了。长官。”

监狱长：“好吧，我们从来没有遇到过这种事情。你当时心里是怎么想的呢？”

卢克：“我猜……您可以认为我当时什么都没想。长官。”

监狱长：（查看记录）“这上面说，你在战争中功绩累累：银星勋章、铜星勋章、一对紫心勋章。中士！几乎没在掩护带里待过。退伍时跟入伍的时候身份没变化：列兵。”

卢克：“没错，长官。就是打发打发时间。”

现在，让我们把它转换成书面散文。为了还原场景，你可以肆意填充文字。

“卢克·杰克逊?”监狱长说。

“到，长官。”卢克说。

监狱长迈步进来，走到卢克身前，抬头看着他。卢克能够闻到这个矮个子男人头顶百利发乳的味道。监狱长扫了一眼文件。

“恶意损坏市政建设，造成不良影响，这是怎么回事?”

“我把停车计时器的头砍掉了，长官。”

监狱长的脸上闪过半丝笑意。“好吧，我们从来没有遇到过这种事情。”监狱长把脸转向一个被大家叫作“保罗老板”的家伙，他也笑着摇了摇头。

当他把脸转回，面向卢克的时候，监狱长的眼神，不知怎地，似乎鼓了起来。

“你当时心里是怎么想的呢?”

卢克试着掂量了一下他。自从八岁那年在他爸爸的酒吧里打工以来，他就学会了通过一个人的外表来判断一个人。如果一个有力量的男人想在气势上压倒你，你就必须反击。而如果他真的很有力，力量大到足以让你脱掉一层皮，那么你就不得不首先让你的反击显得轻柔一些。

“我猜……您可以认为我当时什么都没想，长官。”卢克说。

当监狱长审视他的时候，卢克一直用稳稳的目光凝视着他。

这位矮个子的男人又看了一眼卢克的记录。“这上面说，你在战争中功绩累累：银星勋章、铜星勋章、一对紫心勋章。”他停顿了一下，张开了眼角，“中士！几乎没在掩护带里待过。退伍时跟入伍的时候身份没变化：列兵。”

“没错，长官。”卢克说，“就是打发打发时间。”

没错，这样做很辛苦，但是成为一个更好的小说作家本来也不是容易的事情。随着你不断练习对话的“肌肉”，你的每一页文字也会变得更加强壮。

即席表演

在我还是一个找不到工作的演员（扮演这个角色是我的

专长）时，我上了一些课。我最喜欢的一种练习，就是即席表演。它强迫我加快运转大脑，并且在手忙脚乱之中尽可能发挥创造力。

它还能让我瞬间进入角色，并且像一个完全不同的人一样说话。

所以，如果你想要找一种训练声口的不同方式，就去本地的社区大学或者戏剧小组，上一节即席表演课吧。它非常有趣，可以锻炼你的想象力。而且，谁知道呢？说不定你还能收到一份情景喜剧的演出邀请呢。

当然，还有一种“不上台面”的即席表演，可以直接在你的家里完成。把电视打开，声音关掉，然后模拟剧中人物的声口。我发现用商业广告做材料来完成这个练习，是效果最好的。广告的节奏很快，所以你也不得不加起速来。

这听上去又有点傻，又疯狂。可是你猜怎么着？你是个作家。你本来就疯了。一往无前，把疯狂进行到底吧！

另外，还有一种练习：下面列出了一张从维基百科“盗取”的 28 个人物条目。使用随机数字生成器，每天选择一个人物，站起来，用这个人物的口吻说话。管它是男人还是女人，无所谓。就去成为那个人物吧！（提示：这个最好在你的家里完成，不要在，呃，星巴克。虽然，如果是在好莱坞的星巴克里，也许没人会注意到你。）

这会非常有趣。花五分钟的时间，变身成这个人物，走来走去，用你觉得这个人物应该采取的方式讲话。评论生活，谈论宇宙，说什么都行。

不要思考。直接去做。你做得准确与否都没有关系。你的目的是拉伸你的思想。相信我，当你开始动笔写对话时，你的头脑在创造一种独特的声音时会变得更加灵活而游刃有余。

条目如下：

1. 心不在焉的教授

2. 动作英雄

3. 外星侵略者

4. 坏男孩

5. 邻家男孩

6. 邻家女孩

7. 猫夫人

8. 蛇蝎女

9. 福尔摩斯式侦探

10. 硬汉式侦探

11. 长老级武术大师

12. 农夫的女儿

13. 温柔的巨人

14. 绅士窃贼

15. 书呆子

16. 高贵的妇人

17. 大学运动员（运动家）

18. 疯狂科学家

19. 违法之徒

20. 校花

21. 南部美人

22. 太空海盗

23. 假小子

24. 小镇恶霸

25. 小镇酒鬼

26. 大亨

27. 老年智者

28. 僵尸

单纯练习

以练习为目的，书写大量的对话。设定一个围绕两个随机人物的场景。让他们尽可能地彼此不同。

或者观察公共场合中的两个人，然后用一个场景写下你认为他们或许会对彼此说的话。给他们不同的声口。让他们的议程发生冲突。

完成以上所有这些动作，很快你就会注意到自己在对话写作中巨幅的提升。并且，你知道还有谁会注意到吗？出版商、编辑和读者。

而且，当你逐渐加强对话场景中的冲突和张力时，他们还会更深地被你的故事吸引住。而这正是下一章的主题。

第五章 加强对话中的冲突与张力

如果说对话是提升手稿的最佳捷径，那么提升对话的最快方法，就是加强冲突和张力。

两个人在同一频段上的交谈是最沉闷的一种，谈话中不会有什么扣人心弦的内容。我把这些叫作“坐下来喝杯咖啡场景”，要小心它们的出没。如果你一定要两位朋友或者同盟者坐下来交谈，千万不要仅仅是借此向读者传达信息。去制造一点麻烦。下面，我告诉你该怎么做。

记住那些议程

这是某类警匪小说开头的经典场景：

“我们有什么发现?”

“看上去他把两个人的心脏打穿了。”

“用什么打的?”

“可能是9毫米自动。”

“嗯哼。有目击者吗?”

“我们和酒吧里的两个人聊过，他们说听到了枪响。”

“几声？”

“两声。自动开火。”

“干得不错。”

“谢谢长官。”

这完成了传递信息的工作，但是却缺乏张力或冲突。要是我们加入一些清晰而有区别的议程呢？如果第二个侦探不想让第一位接手调查，会怎么样？

“我们有什么发现？”

“看上去像是什么？”

“像是枪击，打中了心脏。”

“多谢路过。”

“有目击者吗？”

“我都搞定了。”

“我问的不是这个。”

这样一改，故事已经变得更加有趣了。而我们所做的一切，只不过是加入了一点有目标的冲突。

正如我在此书前面部分所提过的那样，要理清楚每个人物在每个场景中的诉求，并把他们塑造成可以与其他人物形成对立的形态。

深入更多的争辩

当然，如果不同议程之间能够擦出火花，甚至点燃火焰，那自然是多多益善。争辩把音域从轻微的不和谐提升到歇斯底里的尖叫比赛。在遇到可能滑向乏味的场景时，这会给你提供宽阔的调整空间和一个简单的法则：让人物发生争论就好了。哪怕只是一次玩笑性质的争辩，也能发挥效用。

品味下面这段对话，这是达希尔·哈梅特在《瘦人》（*The Thin Man*）中为查尔斯家的尼克和诺拉所写的，取自某一章的开头：

> 诺拉说："你就是在显摆，就是这么回事儿。这有什么意义呢？我知道子弹没能把你怎么样，你也不用非

要证明给我看吧。”

“我起个床又不会碍着我什么。”

“可你至少得卧床一整天，这也不会碍着你什么。医生说——”

“他要是真有本事，就会先治好自己的鼻炎了。”我坐起身来，把脚放到地板上。阿斯拉过来用舌头摆弄着它们。

诺拉给我拿来了拖鞋和睡衣。“好吧，硬汉，起床把你的血滴在地毯上吧。”

我小心翼翼地站起来，看起来，只要我小心一点我的左臂，还有当心别踩到阿斯拉的前爪，就没有什么问题了。

“你讲点理，”我说，“我本来没想跟那些人搅和在一起——现在也不想——但是我那么做是有道理的。哎，我真是没办法坐视不理。我必须去看看。”

“我们离开这儿吧，”她建议说，“我们去百慕大或者哈瓦那，待上一两周，或者回到西海岸去算了。”

“但我还是得为那把枪编一套说辞讲给警察听啊。

要是这把枪真是杀死她的那一把呢？就算他们现在不知道，早晚也会查出来的。”

“你真觉得是那把枪吗？”

“我只是猜的。我们今天晚上要去那吃饭，然后——”

“我们什么都不会做。你是完完全全地疯了吗？你要是想见谁，就把他们叫到这儿来。”

搭设障碍

另一种增加张力的方法，是建立起一道交流的屏障。可以是外部的，也可以是内部的。

例如，如果两个人正在讨论一个必须立刻处理的不能泄露的黑色秘密，而另一个人物不合时宜地闯入，就是增加了一道外部的障碍。

“她是他的女儿？”玛丽说，她的声音降到耳语一般轻微。

“还不止呢，”瑞秋说，“她还是他的妹妹。”

“我们不得不……我们必须……”

“姑娘们，你们好啊！”赫蒂·拉吕出现了，这个办公室的新人。她拉过一把椅子，坐了下来，“我有一个天大的好消息要告诉你们！”

“呃……赫蒂，”瑞秋说，“这真不是……”

“我要结婚了！”赫蒂说。

在我们离开外部障碍这个话题前，需要谈一谈打岔。在小说里，表现打岔的方法，是用一个破折号，加上一句紧接着的引语。不要使用句号或其他标点。（当一个人物的声音是渐渐消退时，可以使用省略号）在以上例子中，尼克和诺拉之间的争辩也是按照此法践行的。

把打岔播撒到你的对话中去。

对话的张力还可以通过内在的障碍来提升。最常见的情况是，因为一个人物出于某种情感上的原因而拒绝说话或回避某个话题。通常，这是其他人物浑然不觉的。

设想两位相交一生的朋友正在星巴克里坐下。不妙！一个坐下来喝咖啡的场景！如果你不够小心，就可能会搞成下面这样：

“好了，瑞秋，你最近怎么样？”

“好极了，谢谢，我感觉很不错。”

“你看上去很棒。现在是谁在帮你做头发呢？”

“是蓝水发廊的朱莉·弥尔顿。”

“噢，我爱那个地方。”

“那还是个很可爱的地方，不是吗？”

“相当可爱。”

此处的交流毫无阻塞，不是吗？那么，让我们搭起一个障碍来吧。假设其中一个人出于某种原因，无法对她的朋友坦诚相待。就在她们进门前，在室外的停车场里，她朋友的丈夫刚刚在她的耳边私语了一句不得体的提议。

“好了，瑞秋，你最近怎么样？”

“还好，还好。”

“你看上去很棒。现在是谁在帮你做头发呢？”

"我的头发?"

"你知道，就是你满头都是的那种东西。"

"啊，朱莉。"

"朱莉……"

"弥尔顿。朱莉·弥尔顿。"

"你还好吗，瑞秋?"

"什么?"

"你说话有点心不在焉。"

"我没事。"

"亲爱的，如果有什么事——"

"让我们聊聊你的事吧。你和乔还好吗?"

"不能更好了。他最近特贴心。"塔玛拉抿了一口咖啡，"瑞秋，说真的，是不是出什么事了?"

现在，我有意愿去读这个场景了。我想知道，到底是这个秘密会水落石出，还是瑞秋能忍住不表。我想知道，在这个场景结束时，她们是否还会是朋友。冲突和张力起作用了。

在你书中的任何一个场景中，你都可以加入冲突。

在经典的怪诞戏剧《春闺风月》（*The Awful Truth*）中，有这样一个非常棒的小场景。杰瑞（加里·格兰特饰演）和露西（艾琳·邓恩饰演）扮演了一对富有的纽约夫妻。他们互相猜疑对方有外遇，于是决定要离婚了。

露西打电话给他们的律师。他是一位年纪更大的绅士，住在一栋豪宅里。他从自己的餐厅走到图书室去接电话。

> 律师："喂？喂，露西！你说什么？离婚？你和杰瑞？听我说，听我说露西，别在匆忙中做任何你将来可能后悔的决定。婚姻是一种美好的东西，你应该给它每一……"
>
> 在这一时刻，这个男人的妻子迈步进来，打断了他。
>
> 妻子："为什么他们不能等我们吃完饭再打回来呢？"
>
> 律师（用手挡住话筒）："轻点声，好吗？（回到电话）你听起来正在气头上，露西。试着冷静下来。我不愿看到你在这种事情上做出草率的决定。婚姻是一种美

好的东西——”

妻子：“你为什么不把饭吃完？让他们回头再打过来不行吗?”

律师（挡住话筒）：“你能把嘴闭上吗?（回到电话）就像我刚才说的，露西，婚姻是一种美好的东西。等你结婚的时间像我这么长的时候，你也会懂得欣赏它了。”

妻子：“你的饭菜都凉了。你总是抱怨你的食物。你怎么——”

律师：“你能闭上你那张大嘴吗？等我这边好了，我自然会吃饭。你要是不喜欢，你知道你该做什么，所以给我闭嘴！（回到电话）露西，亲爱的，婚姻是一种美好的东西。”

之前那个简单的电话小场景，因为冲突中的磕磕绊绊，变成了一块喜剧珍宝。

试试这么做：选取你的手稿中看上去没有达到理想强度的一个场景，让场景中每两个人物之间的冲突提高 25%。想办法这样做。加入恼人的聒噪或者打岔，或者更伤人的评论。点起火来，扇起风。

充满冲突和张力的对话，也是提升你的场景写作水平的最佳捷径。

忧惧因素

在设计一个场景时，我喜欢琢磨忧惧这个概念。忧惧的一大好处是，它是个连续体。一端是简单的忧虑，比如你担心自己忘记了某件事。而另一端则是极端的恐惧。在两极之间，有一段完整的情绪范围。在任何一个特定的时间点上，场景中的每个人物都可以为某件事而感到忧惧。

在前面的咖啡馆场景中，瑞秋显然在为要不要告诉塔玛拉“乔刚刚调戏过她”这件事而犯愁。我们可以让她的这种忧虑变得更饱满一些。

瑞秋在担心她们的友谊吗？瑞秋在担心塔玛拉可能不会相信她吗？

如果她知道塔玛拉曾经因为乔的花心崩溃过，又会怎样？

或者，也许她迷恋着乔，不想让塔玛拉发觉。

塔玛拉那一边又是什么情况呢？也许她过分在意自己的形象，原因在于担心她的朋友会发现自己的婚姻出现了问题。

从多种多样的角度来调配忧惧元素，你会发现场景中的对话会像被施了魔法一样变得更好。

下面这个例子来自查尔斯·韦伯的小说《毕业生》（*The Graduate*），年轻的本恩决定和罗伯逊太太偷情。因此，他必须在旅馆订下一个房间。但他的内心深处充满恐惧，害怕被发现，担心前台的工作人员对他的事一清二楚。

忧惧元素与全部的张力在一场几乎完全由对话构成的场景中漂亮地展现出来。

> “先生，您好。”前台说。
>
> “一个房间。我想订一个房间，谢谢。”
>
> “单人间还是双人间？”前台问。
>
> “单人间，”本恩说，“只给我自己一个人住的，谢谢。”

前台把柜台的桌面上那个大本子推到他面前。“请您签名登记。”本子边的台面上放着一支钢笔。本恩拿起来迅速写下了自己的名字。然后，他停下来，盯着自己刚刚写下的名字，一直到前台把登记簿拉回到自己那边。

“有什么不妥吗，先生?”

“什么？没，没什么。”

“很好，先生。”前台说，“我们在五楼有一个单人间。12 美元。您看合适吗?”

“好。”本恩点了点头，说，“很合适。”他边说边把手伸向自己的钱包。

“您可以在退房时付款，先生。”

“噢，”本恩说，“没错。不好意思了。”

前台伸手从柜台下掏出一把钥匙。“您有行李吗，先生?”他说。

“什么?”

“您有行李吗?”

“行李?”本恩说，“有，我有。”

“在哪里呢?”

“什么?”

“您的行李在哪里呢?”

“嗯，在车里。”本恩说。他用手指向门厅的另一侧。“它在外面，车里。”

“很好，先生。”前台说。他把钥匙拎在手里，朝门厅里打量了一圈。“我叫一个门童把它搬进来。”

“噢，不。”本恩说。

“先生?”

“我的意思是我——我还是宁愿别费事把它们都搬进来了。我拿个牙刷就够了。我可以自己去拿。如果可以的话。”

“当然可以。”

本恩伸手去够那把钥匙。

“我会安排一个门童带您去房间。”

“噢，”本恩缩回手，说，“嗯，其实我自己找也一样快。我只需要拿上我的牙刷。我想我自己能应付得了。”

“都听您的，先生。”那个人把钥匙递给了他。

“谢谢你。”

本恩穿过门厅，走出旅馆的前门。他看了一会儿门童为几辆开过来的私家车和出租车打开车门，然后就转过身，回到里面。当他经过前台身边时，他停下脚步，拍了拍大衣的一个口袋。

“拿到了。”他说。

“什么，先生？”

“牙刷，我的牙刷拿到了。”

“噢，太棒了，先生。”

议程、争辩、障碍和忧惧——把这四样东西印在脑海里，你的对话将变得有滋有味、炫人耳目。你将会把读者拽入每一个场景的热度之中。其成果就是我们所说的“翻页器”①。

下面让我把自己最喜欢的工具交给你，让你的对话再上一层楼。

① 原文为 page turner，英语口语中一种非正式的表达方式，字面意思为“翻页器”，比喻令人兴奋得忍不住快速翻页的书。

第六章 塑造精彩对话的技术秘方

在我的工作坊里，我喜欢抛出一些具体的配方，也就是那些经过实践和检验的真正有效的小提示。所以在本章，你将看不到任何理论，而完全集中在操作层面。我将给出 11 个用以书写炫人耳目的对话的最佳工具。它们不仅对我有用，也帮助了我教过的数不清的学生，所以我觉得我敢说，它们对你们也会是有用的。

编排①

早在你写下第一行文字前，精彩的对话就已经开始了。

而真正的起点，是要创造出一套彼此不同的人物阵容：这样一来，就永远都有产生冲突和张力的可能。

让我们用一个美国文学中货真价实的经典作品举个例子。在本书中，我已经屡次使用《马耳他雄鹰》中的片段为例，那是因为在我看来，它应该取代《了不起的盖茨比》(*The Great Gatsby*)，进入高中必读书的清单。可以说，达

① 原文为 orchestration，原指管弦乐编曲，此处意为“精心策划”。

希尔·哈梅特所做的事情，绝对可以称得上是创建了一个文类：冷硬侦探小说（hard-boiled detective novel）。

而这一壮举得以完成，正是依靠他在每一个场景中所灌入的张力，这种张力呈现在对话之中时，经过了精心编排。

故事的男一号是萨姆·斯佩德，一位久经沙场的刑警。这样一个人会如何说话呢？

他不会咬文嚼字，更愿意开门见山，直入主题。如果你开始东拉西扯，他会毫不客气地把你打断。

那么，你想让哪种类型的人物和他在同一场景中出现呢？

乔尔·凯罗怎么样？一个有点欧洲背景的小少爷。显然很有文化并接受过良好的教育。与斯佩德的形象恰好相反。

然后，我们又看到了那个胖子，卡斯帕·古特曼。他是谋求那只鸟的幕后策划者。他有钱，有手腕，与斯佩德的惜字如金相比，他一直是侃侃而谈的。于是，我们见到了下面这一对话：

> 胖子狡黠地看着斯佩德，问他：“你是个不爱说话

的人吗?”

斯佩德摇了摇头,“我喜欢讲话。”

“那敢情好!”胖子欢呼起来,“我不信任不爱说话的人。他们总是不合时宜地开口,说些不恰当的话。说话这件事,除非你不停地练习,否则是不可能把话说明白的。”他的眼神在镜片后泛了泛光。“我们会合得来的,先生,我们一定会。”他把眼镜摘下来,放在桌子上,把“豪冠”(Coronas del Ritz)的盒子递给斯佩德。“来根雪茄吧,先生。”

再然后,就轮到蛇蝎女布里奇登场了。她是个多么淡定的骗子啊,简直就是个变形魔女。

即使当她的谎言被斯佩德当面拆穿时,她还能佯装忏悔,然后撒下更多的谎:

“它到底是哪里值那么多钱?”他逼问说,“你总会有点概念的。至少能猜一猜。”

“我一丁点儿都不知道。”

他对她怒目而视:“它是什么做的?”

“陶瓷，或者黑石头吧。我不知道，我从来没摸过它。我只看过它一次，几分钟的时间。我们第一次拿到它的时候，弗洛伊德给我看了一眼。”

“你这个骗子。”

她起身站在桌子的一头，用深黑色的眼睛窘迫地俯视着他，脸颊粉红。“我是个骗子。”她说，“从来都是。”

“这没什么值得炫耀的。幼稚。”他的声音里透出了一点幽默。他从桌子和板凳间挪了出来。“在那个故事里，有哪怕一点点是真话吗？”

她垂下头，黑色的睫毛间划过一丝幽暗。“有一点。”她低声说。

“多少？”

“不……不多。”

在整本小说里，所有人物之间的对话总是紧张而焦灼的。因为他们彼此之间是如此不同。

下面再举一个例子来展示编排的威力。《办公室》（*The*

Office，改编自英国同名喜剧）是电视史上数得上的热播喜剧之一。此剧有一组很大的班底，而每一个人物都有属于他或她自己独有的一套怪癖。正因如此，在每一集中，每个人物都能在任意时刻与任何一个人物发生冲突。而且，他们所有人都可能与无精打采的老板迈克之间擦枪走火。

注意，这部剧里还有些别的东西。那些引人发笑的对话，从来都没有勉强的感觉，它们很自然地从人物那里流出，而经过精心编排的对话，就是会如此运行。

为你的小说完成以下步骤：

1. 列一个人物阵容清单，给每个人物一到两句话的描述。

2. 回过头检查一下，确保每条描述都是与众不同的。

3. 给每个人物赋予一种怪癖。让这种怪癖对其他至少两个人物来说是格外恼人的。

4. 把这些人物随机匹配，写几个“练手场景”。这对于你的写作来说是很好的热身，并且可能产生一些真正能用在情节上的点子和起伏。

倒转显而易见之事

在对话场景的推进中，时不时地暂停片刻。看一看你已经写下的对话，问问自己有没有哪些是“显而易见”的。有没有哪些东西是读者预料到人物会说出口的?

如果有的话，把它翻转一下。让人物说出颠三倒四的话。这样做，会给你带来什么呢?

看下面这个例子：

> “我真的爱你，约翰。”斯黛拉说。
>
> “有多爱?”约翰说。
>
> “噢，别把我逼到这样的境地。”
>
> “快说。我想知道。”
>
> “你在把我当小孩子逗吗?”
>
> “那你就做个小孩子。有多爱?”
>
> 斯黛拉笑了。“好吧。像我爱比萨饼一样爱。那可是相当多的爱了。”

好吧，这还不算是普鲁斯特①。但是我们也来做个游戏吧，把其中显而易见的部分倒转一下：

"我真的爱你，约翰。"斯黛拉说。

"有多爱？"约翰说。

"爱到要吐。"

或者：

"我真的爱你，约翰。"斯黛拉说。

"有多爱？"约翰说。

"噢，别把我逼到这样的境地。"

"因为我受不了再看到你了。"

为什么约翰会这么说？去弄明白吧。他是在开玩笑吗？还是这中间存在着什么其他的问题？

另外一种摆脱显而易见成分的方法，是使用我的对话随机生产器。它的操作方式如下：

---

① 普鲁斯特，法国文学家，代表作为《追忆逝水年华》（*In Search of Lost Time*），行文风格如同日记和流水账一般绵延不绝。

挑选一个对话丰富的场景，数一数某一页上的对话一共有几行。

下面，使用随机数字生成器（你可以使用谷歌“随机数字生成器”来获取），选定对话中的一行。

然后，到你的书架或电子阅读器中选择一本喜爱的小说。随便翻开一页，找到那一页上的第一句对话（如果当页没有，可以继续往后翻看，直到遇见对话为止）。

用这句话换掉你在自己的手稿中选定的那句话。

这就是我要讲的全部。

或许这会让行文看上去有点不可理喻，完全解释不通。

很好。

稍微调整一下。保留住这句话的大概意思，但让它能够嵌入你的场景之内。下面是我自己的小说《不要离开我》（*Don't Leave Me*）中的一个例子：

> “刚才那是什么？”小轿车司机叫道，“是一把刀吗？”
>
> 斯坦抓紧查克的胳膊。“他刚才拿的是一把刀，查克。你看到刀了吗？”

“我来叫 911。”司机说。他五十岁上下，头发短灰，戴着眼镜。

“好，好。”查克说。他看向自己的兄弟。斯坦正在抖个不停。查克轻轻捏了捏斯坦的肩膀。“现在没事了，伙计。”

“他为什么拿着刀呢？查克？”

“我不知道。但他已经走了。”

“我必须得去上班。新款特品放出来了！”

“我们会把你送到的。别担心！别——”

查克的手机震动起来。他从衣袋里掏出手机，来电号码被设置为不可见。“喂？”

一个男人用耳语般的声音说：“一句话也别说。”

“什么？”

“你说了就会死。”

“等等——”

“别惹她不高兴。”

这里一共十四句话。随机数字生成器给了我“5”这个数字。

下一步，我挑选了一本自己最喜欢的小说。就从自己的书架上选，我抽出了罗伯特·克莱的《洛杉矶安魂曲》(*L. A. Requiem*)。随便翻开书，我翻到了 204 页，发现这里的第一句对话是：“到处都在发生疯狂的事。”

> “刚才那是什么？”小轿车司机叫道，“是一把刀吗？”
>
> 斯坦抓紧查克的胳膊。“他刚才拿的是一把刀，查克。你看到刀了吗？”
>
> “我来叫 911。”司机说。他五十岁上下，头发短灰，戴着眼镜。
>
> “好，好。”查克说。他看向自己的兄弟。斯坦正在抖个不停。查克轻轻捏了捏斯坦的肩膀。“现在没事了，伙计。”
>
> “到处都在发生疯狂的事。”

对这个人物而言，真是句绝妙的台词！有时候，就是会遇到这种意外之喜。

那么，如果我选择了另外一本小说，或者另外一种文类呢？我又抽出了汤姆·沃尔夫的《我是夏洛特·西蒙斯》(*I Am Charlotte Simmons*)，翻到了 216 页："要不来点儿酒吧。"

> "刚才那是什么?"小轿车司机叫道，"是一把刀吗?"
>
> 斯坦抓紧查克的胳膊。"他刚才拿的是一把刀，查克。你看到刀了吗?"
>
> "我来叫 911。"司机说。他五十岁上下，头发短灰，戴着眼镜。
>
> "好，好。"查克说。他看向自己的兄弟。斯坦正在抖个不停。查克轻轻捏了捏斯坦的肩膀。"现在没事了，伙计。"
>
> "要不来点酒吧。"

哇噢！对于我这个人物，一个成年的自闭症患者斯坦，当他说出这句话时，将创造出太多新奇而美妙的可能性来。然而，可惜的是，我的书已经付梓了！

这是一种相当有趣的练习，尤其是当你写作了一整天，正感到疲惫或者举步维艰的时候，更是如此。

潜文本

在心里想一座冰山的样子。

然后再想一想莱昂纳多·迪卡普里奥。

他们都和潜文本一样，绝大部分都淹没在水面之下。

当你创作一个场景时，你的文本是浮在水面之上的。那是读者能够看到的东西。但是在水面之下，还有一块巨大的不可见的冰块。没错，那是冰山最危险的部分，也是悬疑之所在。

大多数潜文本都应如此运行。换句话说，场景中正在发生的事情比眼前所见的要多得多。明白了吗？

让我用一本很棒的老版平装书来举一个例子。这就是威廉·坎贝尔·高尔特于 1952 年出版的《别为我哭泣》(*Don't Cry For Me*)。

我们吃了那不勒斯意大利面，加了香肠，这意味着，还有火腿、蘑菇和洋葱。当然，还有大蒜。

我们还喝了酒，便宜的红酒。

喝完第三杯，她说：“你可以去工作的，你知道。你还没笨到连个工作都找不到的地步。”

“什么工作？”我问她，“我能打橄榄球，但赶不上沃特菲尔德和范·布洛克林，还没好到可以让人花钱雇我打球。我还拥有一把来复枪，已经有四年了。但现在谁会因为这个付钱给我呢？”

“还是同一个老板。”她说，“虽然他把工厂搬地方了，但是你还可以端着你的来复枪找到一份工作，我敢打赌。”

“你在说什么呢？”我说，“现在，要我去做安保工作，你说真的？”

“我听过你描述的样子，知道你肯定会憎恶军队。”

“我同样憎恶闹钟，而且我也不是那种乖乖听话的人。我们别再提安保工作了。”

“你可以看电梯或者开卡车，我打赌你可以。或者在某个时装店卖运动服。别看你长着这样的鼻子，可还是有天资的。”

“放轻松，爱尔兰人。”我说，“再喝两杯。别再为我操心了。”

“总要有人来为你操心吧。”她说。

“谁说的?”我告诉她，“从来就没有这样的人。”

仅仅通过这段对话，你能对这两个人形成大致的感觉吗？他们各自可能有着什么样的背景？他们的人生经历如何？有何心愿？

你可以把潜文本自然地编织进你的对话场景之中，只要你知道一些事情而读者不知道或者其他人物不知道。这种事情有哪些类型呢？

秘密

过去的关系

丰富的背景故事

惊心动魄的经历

生动的记忆

恐惧

希望

渴求

我最爱的一种潜文本生成工具是“人物关系网”。拿出一张空白的纸（我发现用纸笔做这件事更容易），在一个粗画出的圆圈里写下所有主要人物的名字。

接下来，在人物和人物之间连线。问自己：他们有什么关系？他们是完全陌生的人吗？这里面有没有一些过去建立的联系？这种联系他们自己知道吗？是只有一方知道，还是双方均浑然不觉呢？

在这个联系上，多费点儿工夫，看看能发展出什么。如果你能由此想出什么有趣的事，这可以为你有关这两个人物的场景提供大量的潜文本。同时这还能为你提供一些情节方面的素材。

然后，在另外两个人物身上，重复这些操作。

如此反复继续。

这项操作，你愿意做多少次，就做多少次；想理出多少人物关系，就理出多少。当然，不可能每两个人物之间都有联系。但是通过这种方式，你能为你的小说头脑风暴出大量的绝妙可能性。

而且，作为结果，你笔下对话的脉络中也会渗入潜文本之中。

廉价香槟法

让对话漂流起来。把你的话匣子启开，浇在纸页上。

做这件事的时候，不要使用引号、出处或者动作节拍。

你应该做的是，让人物为你即兴表演一个场景。

你要明白并且接受这样一个事实，就是这段对话中的大部分，最终都会被你砍掉。不过没有关系。写这个花不了你多长的时间，而且它本身也是一种很好的写作训练。

而且，在这一过程当中，你会找到真正的台词、情节的起伏和冲突点，以及其他一些你在别处无从寻觅的小说成分。

你的作家头脑——那是一个挤满了无组织想象工作者的

地下室，他们愉快地劳作，不需要茶歇、甜甜圈、睡眠或管理特权——将参与到这项游戏中来，并送给你一些很酷的礼物。

詹姆斯·弗雷甚至在他的小说《明媚闪亮的早晨》（*Bright Shiny Morning*）中，干脆就让对话漂流起来了。

> “拉里，还好啊?”
>
> “还好啊，里卡多?”
>
> “你知道规矩的，对吧?”
>
> “嗯哪。”
>
> “我们开门前，你得从洗手间里出来。”
>
> “知道。”
>
> “你的东西，今早就放在里边了。谁也不会发现你的。”
>
> “我被打劫了。”
>
> “啥?”
>
> “不算真的被打劫了，因为我身上没有值钱的东西。但是今天早上，我的脑袋被人踢了，被直接干晕了。”

“真的假的？”

“真的。”

谁知道呢？也许弗雷打草稿的时候，就这么一页接着一页地写下去了，然后整本书几乎都是这么完成的。

很多写作老师都提倡“晨页”或“写作练习”，这基本上就是让文字保持5～10分钟的流动，而不受心中编辑的干扰。

如果把这种写作练习用任其漂流的对话来代替，你或许最终能真的使用到所写下的内容，那又何乐而不为呢？

家长，成人，孩子

回首20世纪60年代，有一本出版著作叫作《大众游戏》（*Games People Play*），作者是埃里克·伯恩博士。这本书大卖，成为大众心理学的热门书。我完全不知道“交流分析”（transactional analysis）到底是否有效。我从来没有从头到尾读完过这本书。

然而，这其中的一个观点，却成为我写作对话不可或缺的工具。我是在阅读杰克·比卡姆的《卖座小说写作指南》(*Writing Fiction That Sells*) 时，被这个观点所打动的。

简单来说，交流分析中的观点就是说：我们倾向于以自行分配的角色与彼此建立关系。这些角色逃不出以下三类：

家长：这是一个充满权威的角色。家长可以制订规则，并强迫执行。家长是话题“终结者”。如果发生争论，家长还可以滥用职权。“爱听不听，不听滚蛋”就是家长的发明。

成人：这是心态平衡、情绪稳定的角色。成人会说：“让我们客观地看待此事。”均衡、理性、善于分析。他们是你在危急关头指望其挑大梁的那种人。

孩子：情绪化、不理性、自私、爱发牢骚、轻信、天真、发脾气、噘嘴。

下面，将其运用到对话中来制造冲突的方法，应该已经不难想象了吧？如果你的人物来自不同的角色或者相同的角色而有相反的议程，那么张力是会自动出现的。有一种交流是需要当心的，那就是成人与成人之间的谈话。你需要往那种场景里添加一点张力，通常可以利用忧惧元素或障碍（参见前一章的内容）。

让我们来看一眼《法律与秩序》（*Law & Order*）早期剧集中一个经典的场景。警局审讯室内的场景是极为常见的，总是由两名警察把一个嫌疑犯带入房间。他们会玩一种黑脸/红脸的把戏，而嫌疑犯则会傲慢地嘲讽审讯的进程。

在这种情况下，黑脸警察扮演的是家长，他吼叫、强迫、威胁。

红脸警察是房间里的成人。他让黑脸警察冷静下来，去泡杯咖啡。“下面交给我来。”

而嫌疑犯呢，当然就是孩子了。哈哈，我们来做个好玩的游戏吧。我表现得像个混蛋，但你却不能拿我怎么样。

于是，人物之间任何的交流，都会充满了冲突。

下面，再介绍一个简单而有力的练习。在你开始写作一个场景之前，记下每个人物自认为自己在扮演的角色。弄清楚冲突点的自然所在。

无论是哪一种，你都会立刻为场景谋得一个很强的走势。唯一需要留心的，是成人与成人之间的交流。如果他们仅仅按照原本的方式运行，就不会在彼此之间擦出什么火花来。

所以，找个借口，让其中一个人物暂时放下自己的角色片刻，而去充当另一种角色。（注意：在一个场景中，人物可以基于策略上的目的而转换自己的角色。如果成人的角色帮不到他，他可以当一会儿家长或者孩子。）

使用家长—成人—孩子矩阵，灵活而不费时，但它对于你创作对话的益处却是巨大的。

屈弯你的语言

“有关戏剧创作，我学到的所有东西都来自丹尼·西蒙。”伍迪·艾伦这样说［这句话在埃里克·拉克斯的《伍迪·艾伦》（*Woody Allen*）一书中有引用］，而事实也正是如此。艾伦和尼尔·西蒙都受惠于尼尔的哥哥。是他教会他们创作成功的喜剧。

显然，丹尼·西蒙在叙事喜剧领域中很清楚自己的本分。他凭借《腾点儿地方给爸爸》（*Make Room for Daddy*）和西德·西泽的《秀之秀》（*Show of Shows*）等节目，在电视戏剧的黄金时代打出一片天地。

他在洛杉矶开设了一个颇具传奇色彩的写作班，直到2005年去世前，坚持教授了很多年。

我参加了那个写作班。那是一段非常棒的经历，而且因为我做了海量的笔记，所以得以为世界保存下他的戏剧创作绝学。我把这些笔记整理成一本小册子，题为《如何创作喜剧：丹尼·西蒙笔记》（*How To Write Comedy*：*The Danny Simon Notes*）。我在这里提及，原因有二：

第一，喜剧是虚构文学最难的形式。如果你练习写喜剧，那么你整体的写作水平（尤其是对话）都只会变得更好。

第二，丹尼有一种他所谓“屈弯你的语言”的训练。他的意思是这样的。和约翰尼·卡尔森合作老节目《今夜秀》（*Tonight Show*）的段子写手们想攒出一些有关梅西感恩节游行的段子。就是有很多卡通人物和大气球什么的那个游行。于是，这些写手首先提出了一个笑话的预设前提：

> 在梅西感恩节游行中，一个大气球断了线，在一栋大楼上撞破了。

这并不好笑。还没有好笑。下面，他们要“屈弯语言”。首先从句子骨干入手，于是得到下面一句：

在梅西感恩节游行上，史努比气球断了线，在克莱斯勒大楼上撞破了。

好一点了。但还不是一个配得上卡尔森的笑话。最终，句子成为如下样子：

在梅西感恩节游行上发生了一起悲剧。史努比气球跑走了……还被克莱斯勒大楼给阉了。

这对于你，一个对话制造者，有什么启示呢？这意味着，只要你加一点屈弯，就可以为你的人物创造出令人难忘的台词。当语句向你涌来时，把它们先写出来。但过后，你要回过头来，找一找有没有可以让你提一提的句子。假设你正在写《教父》(*The Godfather*)（既然我们做了这个假设，你该把所有的支票也给兑现了），迈克尔·柯里昂来到拉斯维加斯，告诉既年长也更有实力的莫·格林，柯里昂家族要买断他在赌场的股份。

莫·格林震怒不已。他将说什么话予以回击呢？最开始，你可能会写成这样：

“我可是莫·格林！我打理这个地方的时候，你还在念高中呢！”

不够抢眼。于是，你微调了一下：

“我可是莫·格林！我扬名立万的时候，你还在念高中呢！”

好一点儿了。但我们还有改进的空间。在电影中，这句台词是这样的：

“我可是莫·格林！我扬名立万的时候，你还在和拉拉队员鬼混呢！”

从鼻尖上下来[①]

从好莱坞流传出来这样一个贬义的术语：鼻尖上的对话

---

① 原文为 Off The Nose，来自好莱坞的一个行业俗语：on-the-nose dialogue，表示丁是丁，卯是卯，机械的、毫无新意的、似流水账一样的对话。标题反用了这一短语，按照字面意思翻译。

(on-the-nose dialogue)。这指的是一种对于所讲内容缺乏惊喜的直白回应，比如下面这样：

“我们去商店吧，艾尔。”

“好的，比尔。这是个好主意。”

“我总是有好主意，不是吗?”

“也不总是。我记得有一次，你想造火箭。”

“那是个‘笑柄’，造火箭。”

“是的，造火箭永远都会是个笑柄。”

“现在还有人用‘笑柄’这个词吗?”

“我们不是正在用嘛。”

“没错，我猜那是真的。我们刚刚用过，不是吗?”

“当然是刚刚用过。”

“我忘了，你是艾尔还是比尔?”

“天啊，我也忘了。让我们回到对话开头去找找看吧。”

“好主意！走起!”

并不是说我们无论何时都不需要这种对话。毕竟，如果完全没有鼻尖上的对话，我们都会搞不清楚正在发生的事情。

但是，在你的对话中注入健康剂量的“错步”（side-step），趣味性的水准就会立即提高。

例如：

“我们去商店吧，艾尔。”

“你老婆昨天给我打电话了。”

看到没有？一个完全不着调的回应。读者会潜意识地受到触动，想追问他为什么这么说？这背后有什么含义？

换句话说，兴趣就更浓了。

“我们去商店吧，艾尔。”

“为什么不把你的臭嘴闭上？”

有没有冲突？我觉得是有的。

“我们去商店吧，艾尔。”

“好的，比尔。这是个好主意。”

“你为什么没穿裤子?”

一个绝对的惊喜。这种对话和老雷蒙德·钱德勒的建议是一回事儿，如果场景沉闷，就安排一个举着手枪的家伙进来。

检查你的对话，找出无趣的交谈，想点别的东西出来。这样做，你很容易就能想到那些被我称为“错步”的点子了。

压缩

除非有特别的原因需要一个人物满嘴跑火车，否则，对话通常都是压缩过才更好。也就是说，要把对话“裁剪”，直到其像《公主新娘》（*The Princess Bride*）中的羊肉、莴苣和西红柿三明治一样：干净、漂亮。

先来看下面一段：

“我的天，真是个适合去公园散步的美妙天气，不是吗?”

“我真想拜托你不要总是说得好像每件事都那么称心如意。”

“我有吗？真的吗？我向你保证，我不是故意的。我只是更愿意看到杯子是半满的而已。”

“你想知道我是怎么想的吗？我觉得你自己就是个半满的。半满的乐观。就是这样。”

现在让我们来压缩一下：

“天气不错，适合去公园。”

“不要总是说得好像每一件事都那么称心。”

“我看到的是杯子半满的一面。”

“我觉得你就是半满的。半满的乐观。”

注意，你经常可以在一句话的开头砍掉一些文字。我们常常在我们自己讲话前用“好吧、比如、对、不”这些词开头。或者我们还会基于前一个人的话，提供一种鼻尖上的开场语：

“你总是这么做。”

“我有吗？我不是故意的。”

这个“我有吗?”是毛料，并不需要。像下面这样更好：

“你总是这么做。”

“我不是故意的。”

再举个例子：

“你总是这么做。”

“没错。你说的对。但我就是个乐观主义者。”

像这样更好：

“你总是这么做。”

“我就是个乐观主义者。”

简单地砍掉开头那些毛料，就能够帮助压缩。不过再说一遍，如果你有特别的原因，需要你的人物使用这些毛料词，那么尽管去使用。比如，在麦克·康纳利的《最后的郊狼》中，我们看到如下对话：

“你想谈点什么想法吗?”

“关于什么的想法?”

“嗯，关于任何事都行。就谈谈这起事件吧。”

“噢，这起事件。没错，我是有些想法的。”

我们知道这是一位心理医生在和哈利·博施侦探谈话。她在轻缓地试探，于是用“嗯”作为热场。而博施则满怀讥讽之情，所以在最后一句使用“反复”作为武器。

换句话说，康纳利有理由在对话中填入一些毛料。

但除非你有同等合理的理由，否则不要轻易这么做。

找一个你写过的场景试试这么做。复制一份原文，然后试着把对话切到只剩下骨干。对比一下两个版本，将有效的删减之处吸收进原文。这项练习可以保证让你的对话更加炫目闪亮。

别忘了沉默

沉默是错步的一个颇具威力的变体。无论你可能想出什么言辞，无言常常是最好的选择。海明威是这方面的大师。我们来看一看从他的短篇故事《白象似的群山》（*Hills Like White Elephants*）中截取的片段。一个男人和一个女人正在西班牙的一个火车站小酌。男人说：

“我们再喝一杯?”

“好的。”

暖风吹动珠帘，拂过桌角。

“啤酒真是清爽可口。”男人说。

“好喝。”女人说。

“那真是个再简单不过的手术了，吉格。”男人说，“其实那根本算不上一个手术。”

女孩向下看着桌脚下的地面。

“我知道你不会介意的，吉格。那真的不算什么事。只要用空气一吸就行了。”

女孩什么也没说。

在这个故事里，男人在试图劝说女孩做一次流产（文本中任何地方都没有出现过这个字眼）。而她的沉默说明了一切。

通过组合使用沉默、错步和动作，海明威在一段简短利落的对话中突出了故事的重点。他在《士兵之家》(*Soldier's Home*) 这个故事里，使用了同样的技巧，完成了那场著名的母子戏。

> "上帝为每一个人都准备了一份工作，"他的母亲说，"在他的王国里，不应该有闲人。"
>
> "我不在他的王国里。"克莱布斯说。
>
> "我们所有人都在他的王国里。"
>
> 克莱布斯和往常一样，感觉到丢脸和怨恨。
>
> "我太担心你了，哈罗德。"他的母亲继续说，"我知道你不得不面对的那些诱惑。我知道男人有多么脆弱。我知道你亲爱的外祖父——我的父亲——告诉我们的有关南北战争的那些事。我也为你祈祷过，哈罗德。我整日整夜在为你祈祷，哈罗德。"
>
> 克莱布斯看着盘子里的猪油，它在渐渐凝固。

沉默，以及凝固中的猪油。我们不需要其他任何的暗示，就能够抓住场景中的情绪。你的人物在交流时都经历着哪些感觉？试着用沉默表达出来吧。

在对话的进程中控制步调

简单的经验法则：如果你想减缓故事的步调，就在对话之间增加描述。并在纸页上减少空白的空间。

如果你想要加速，就减少描述，增加空白。

下面这段对话节选自短篇散文大师肯·布鲁恩在《守卫》（*The Guards*）中的一段：

> 去花店。遇到上次卖我玫瑰花的女孩。她说：
>
> “我记得您。”
>
> “没错。”
>
> “它们帮到您了吗？”
>
> “什么？”
>
> “玫瑰呀，给您的女友。”
>
> “问得好。”

"啊……真是遗憾。您今天想过来再试一次吗?"

"不完全是。"

"哦?"

"我需要一个花圈。"

然后,惊惶的表情出现。

"她死了?"

"不……不是,是别人。一位朋友"。

"我真为您难过。"

很快。有大量的空白空间,没有描述性元素造成的暂停。这里的策略是,以一种麻利的节奏,把眼前的故事推动向前。

下面,让我们用同一段对话,制造出一个完全不同的场景。希望肯·布鲁恩不要见怪:

"我记得您。"

"没错。"我说。我觉得自己像个混蛋。上次我来这儿的时候,就表现得像个混蛋,这回我又来了,还得让她把这一切再经历一遭。

“它们帮到您了吗?”她问。

“什么?”

“玫瑰呀，给您的女友。”

她非问不可，不是吗?非得把旧事重提。有那么半秒钟的时间，我的脑子里闪过了那个已经不再属于我的“我的女友”。那种感觉就像有人把荆棘插入了我的脑壳儿。

“问得好。”我说。我对于这种情况真是应对自如。

“啊……真是遗憾。您今天想过来再试一次吗?”

“不完全是。”我说。我差一点又要像个混蛋一样地对待她了，但我把嘴边的话吞回了喉咙。

“哦?”她说。

“我需要一个花圈。”我说。

然后，惊惶的表情出现。

“她死了?”

“不……不是，是别人。一位朋友。”

“我真为您难过。”

不，你并不难过，但你不得不这么说，而我这次就不去计较了。赶紧把花圈给我，让我离开这儿。我需要喝一杯，越快越好。

差异显著。第一个例子给我们的是速度和潜文本。我们需要自行去填补叙事中的留白。这是一种既定的策略，而布鲁恩巧妙地将其付诸实现。

第二个例子的使用，是缘于作者想要更深一步地挖掘潜文本，并拓宽人物的内在生命。

当然，在你的对话中，什么时候采用哪种策略，都由你说了算。只是一定要有意为之。像管弦乐队指挥手中的指挥棒一样运用对话。放慢、提速，谱写乐章。

宝石与香料

时不时地，你得让一些对话闪烁一下，让场景有点味道。只要能撩动读者的情绪，或者给他一点额外的快感，什么都行。《公民凯恩》（*Citizen Kane*）被很多人视为最伟大的电影，下面就是从中截取的脚本。这个剧本是奥逊·威尔斯和赫尔曼·曼凯维奇合作完成的，而威尔斯本人把下面这些台词归功于曼凯维奇：

汤普森：“好吧，伯恩斯坦先生，您从一开始就是站在凯恩先生一边的。”

伯恩斯坦：“是从开始之前，年轻人。而现在，已经到了结束之后。”

（转向汤普森）“你想知道任何有关他的事——有关报纸——”

汤普森：“我想也许，如果我们能够找出他最后一个词的含义——在他临终前——”

伯恩斯坦：“那个‘玫瑰蕊’？也许是某个女孩？早先的日子里可有过不少，而且——”

汤普森：“肯定不是他随随便便认识的某个女孩，在50年后又记起来了，在临终的床头——”

伯恩斯坦：“您太年轻了，先生——汤普森先生。一个人会记起你认为他不会记得的事情。就拿我来说吧。有一天，早在1896年，我乘坐轮渡去泽西，在我们拔锚的时候，正好有另一艘渡船靠岸——”

（缓慢地）

“—— 在船上，有一个姑娘正等待上岸。她穿着白裙子——举着一把遮阳伞——我只看了她几秒钟的时间，而她根本没看见我——但我敢打赌，我最近在一个月前还曾思念过她。”

（得意洋洋地）

“明白我说的了吗？”

（微笑）

“好吧，那么您现在想如何处理这个‘玫瑰蕊’呢？汤普森先生。”

关于撑着遮阳伞的姑娘那一点，是整部影片中被讨论最多的时刻之一。它是一块宝石。它承载着丰沛的情绪引力，同时巧妙地强化了金钱并非人们生命中真正所求之物这一主题。

下面再来一点香料。这次让我们看看雷蒙德·钱德勒为电影《双重赔偿》（*Double Indemnity*）所写的对话。在这一早期场景中，能干的保险推销员瓦尔特·奈夫来拜访客户迪特里奇森，但是他不在家，他的妻子菲丽丝在。随着场景的推进，我们看到奈夫做出了一些言语上的微妙暗示。最终，菲丽丝回应了他：

菲丽丝："奈夫先生，请您明晚 8:30 左右再来吧。他那时会在家。"

奈夫："谁？"

菲丽丝："我丈夫呀。您有急事找他谈，不是吗？"

奈夫："当然。只不过我有点开过头了。[①] 如果您知道我是什么意思。"

菲丽丝："我们州有限速，奈夫先生。每小时 45 英里。"

奈夫："我刚才开到多少迈了，警官？"

菲丽丝："我看得有 90 了。"

奈夫："我猜您要从摩托上下来，给我开张罚单了。"

菲丽丝："我想，这次先给您一次警告，放您一马好了。"

---

① 原文为 I'm getting over it，有双重含义，一方面可以理解为"我把它忘了"，另一方面也可以指"我超速了"。后面菲丽丝在问答中使用了驾驶超速的隐喻。

奈夫："要是警告无效呢？"

菲丽丝："那我就要用膝盖给你点颜色看看了。"

奈夫："那么我会忽然大哭，把头搭在你的肩膀。"

菲丽丝："您可以试试把头搭在我丈夫的肩膀上。"

奈夫："那可真扫兴。"

奈夫拿起他的帽子和公文包："那么，明晚8:30见，迪特里奇森夫人。"

菲丽丝："我正想这么说。"

奈夫："您也会在吗？"

菲丽丝："我想会吧。我一般都在。"

奈夫："一样的椅子，一样的香水，一样的脚链？"

菲丽丝（打开门）："我不确定我有没有听懂您的意思？"

奈夫："我不确定您是不是真的不确定。"

看到了吗？这才是对话的艺术。它完美地配合了故事的基调，并且在时间的把握上自成一派。

第七章 对话写作中的十大议题

在本章中，我将呈现一些应对对话写作中常见问题的解决方案。你不需要逐字逐句读完全部内容。最好把这一部分作为参考手册，有需要的时候，再来查询。这些议题包括：

标点

引语源、副词、动作标签

方言

背景故事

内部对话

实验

咒骂

主题式对话

喜剧调剂

旧时期对话

标点[1]

对话中标点的使用规则，需要成为你的第二天性。懂行的编者或读者，都会一眼看出差错，这或许不会成为他们拒绝一本书的理由，但也是一种不必要的减速带。

规则如下：

标点要置于引号之内。

“我们去哪儿?”他问。

“真是条好裙子。”她说。

切忌：“我们去哪儿”？他问。

而且永远要用标点。

切忌：“真是条好裙子”她说。

对话中用到的标点符号有：

---

① 英语和中文的标点使用方式略有差异，适用于中文的，直接翻译，不适用于中文的，会先给出原文，后面给出相应的翻译。

逗号

句号

感叹号

破折号

省略号

如果是对话中直接引语的来源，那个代词一定不要大写。

“Get out of this house!” he said.（“从这间房子里滚出去!”他说。）

切忌：“Get out of this house!” He said.

但如果引语后面接的是动作节拍，则代词需要大写。

“Get out of this house!” He picked up the gun.（“从这间房子里滚出去!”他拿起枪。）

切忌：“Get out of this house!” he picked up the gun.

如果引语源在开头，要加一个逗号。

Mary said, "I wish you would go away and never return."(玛丽说:"我希望你走开,永远别再回来。")

如果有超过两句话且你需要加入一个说话者的来源,把它放在第一个短句之前或之后。

莫顿说:"现在让我告诉你一点儿事。我不会容忍这个的。绝不会。"

"现在让我告诉你一点儿事。"莫顿说,"我不会容忍这个的。绝不会。"

切忌:"现在让我告诉你一点儿事。我不会容忍这个的。绝不会。"莫顿说。

在句子间插入引语源时,要使用逗号。

有时候,为了寻求变化,你会想要把引语源安插在一句完整的话中间,而不是在开头或结尾。这种情况下,逗号后面第一个词不要大写:

"I wish you would go away," Mary said, "and never

return."（“我希望你走开，”玛丽说，“永远别再回来。”）

引号只能用于说出口的话。

切忌：“我该做点儿什么呢？”她想。

心里的想法要么用斜体表示：

我该做点什么呢？

要么不用特别处理：

我该做点什么呢？她想。

注意：当你把想法用斜体标示时（尽管这种做法在如今已经没那么时髦了），不用再告诉我们一嘴“她想”，自然就能被理解。如果你没用斜体，有些作者会喜欢补加一个想法的来源（就像上面的例子一样）。其他一些作者则懒得这么做，干脆留给读者从上下文来推断。你还可以使用一个动作节拍：她走进了房间。我该做点什么呢？这种情况下，你也不需要再点出“她想”，因为她显然是在想。

如果你的人物在回忆某些说过的话，还用放到引号里吗？不用。使用斜体来代替：

他回想起莫妮卡说过的话。*我不再爱你了*。还有她说出这话的方式！就像一个眼神空洞的吸血鬼。

如果一个人物在引用另一个人物的话，把内部的引语放入两个单引号（小撇）之间。

“约翰向我走过来时，他说：‘我不喜欢你正在做的事情。’而我则朝他大笑。”

“噢，那就是弗兰克。他总会说：‘我是世界之王。’”

在对话中不要使用分号，永远不要。

人们不会像写大学论文一样说话，即便有听起来很像的时候。

这意味着，在对话中，永远也不要使用分号。

千万不要这么写：“我认为这种行为是不正当的；如果我不这么认为，我也不会这么说。”

分号是一个嗝，一个饱嗝。就像一个醉汉在凌晨两点从一家酒馆跌跌撞撞走出来，在路上抓住你的衣领，要你听他再讲一个故事。我想建议你的是，永远不要使用它们，就算在小说的叙述部分也不要用。正如库尔特·冯内古特所说："在创造性写作中有这样一个经验教训。首要原则：不要使用分号。它们是不男不女的变装癖。什么意义也没有。它们唯一能说明的问题，就是你念过大学。"

在非虚构作品中，分号是没问题的；它们能让思路向有利于思考和分析的方向前进。

但小说是讲感情的。我们不想让读者觉得它们在读一本教科书。尤其是当你的人物在说话的时候，更不应该如此。

节约使用感叹号！

感叹号是一个高调的派对党，寻求着关注。如果做得过火，会变得惹人烦厌。要谨慎使用，切忌：

"我们走！"

"好！"

"但是小心蛇！"

“我讨厌蛇!”

“那没什么！印第安纳琼斯也讨厌!”

如果你想在这里表达一种过分的热情，前两句就足够了：

“我们走!”

“好!”

“但是小心蛇。”

“我讨厌蛇。”

“那没什么。印第安纳琼斯也讨厌。”

独白中的分段。

在一个人物发表演说时，你想把他说的话分成几段，恰当的做法是在一段结束后不要加后引号，而在下一段开始前，要加前引号。比如：

“于是，我们决定去宾夕法尼亚。那很疯狂，我们五个人挤在一辆大众甲壳虫里。但我们有什么好在乎的？我们年少轻狂，不可阻挡。我们要去占领全世界!

而且我们也不关心有谁知道。也不担心我们会不会被警察拦下来。我们车上的储物箱里有一把手枪，也许我们不得不用一回。我们就是不在乎，你敢信吗？我们就是不在乎。

“然后茉莉决定要退出。她让我停在了一个加油站，就是在那里，整件事开始失控了。那大约是晚上十点钟，我们相对而立，朝对方大喊大叫。蒂姆和布里克想夹在我和茉莉中间调停，但我不停地把他们推到一边。我那时候是做得到的。我有力气做到。”

他的神思忽然飘得很远。而我则等待着他继续。

“最终，茉莉干脆跑掉了。我们从此再也没见过她。再也没有。”

约翰深深地吸了一口气，闭上了他的眼睛。

我得说，这种方法虽然符合传统，而且绝对有效，但在今天似乎略显过气了。更多情况下，你会看到发言的中断是以插入反应动作的形式完成的：

“于是，我们决定去宾夕法尼亚。那很疯狂，我们五个人挤在一辆大众甲壳虫里。但我们有什么好在乎的？我们年少轻狂，不可阻挡。我们要去占领全世界！而且我们也不关心有谁知道。也不担心我们会不会被警察拦下来。我们车上的储物箱里有一把手枪，也许我们不得不用一回。我们就是不在乎，你敢信吗？我们就是不在乎。”

约翰尼放下手中的锤子，用他的手指捋了捋自己的头发。

“然后茉莉决定要退出。她让我停在了一个加油站，就是在那里，整件事开始失控了。那大约是晚上十点钟，我们相对而立，朝对方大喊大叫。蒂姆和布里克想夹在我和茉莉中间调停，但我不停地把他们推到一边。我那时候是做得到的。我有力气做到。”

他的神思忽然飘得很远。而我则等待着他继续。

“最终，茉莉干脆跑掉了。我们从此再也没见过她。再也没有。”

约翰深深地吸了一口气，闭上了他的眼睛。

破折号后面不要加标点或引语源，后引号除外。

打断话头的正当形式是这样的：

“我告诉你，我们不能进去。实在是太——”

“闭嘴！我们进去。”

破折号后面除了后引号之外什么标点符号都不应该有。

同时，也不要这么写：

“我告诉你，我们不能进去。实在是太——”她说。

“闭嘴！我们进去。”

引语源永远不要放在破折号后面。如果说话的人是谁不清楚，就把“说”或动作放在破折号前面：

她说：“我告诉你，我们不能进去。实在是太——”

或者：

她把她的钱包拍在桌子上。“我告诉你，我们不能进去。实在是太——”

自我打断。

有时候，一个人物会停下自说自话，因为某种形式的动作突然出现，就像在下面这个来自休·豪伊的《羊毛》（*Wool*）中的例子：

> “所以你是在说——”他揉了揉自己的下巴，重新整理了一下思路。“你是在说，有人抹去了我们的历史，是为了阻止我们重复它?”

这里可以用到《芝加哥引注格式使用指南》（*The Chicago Manual of Style*）中给出的一个小妙方。当陈述中没有停顿（也就是说，没有真正被打断）而发生了一个同时的动作时，你应当按照以下方式改写：

> “所以你是在说”——他揉了揉自己下巴——“你是在说，有人抹去了我们的历史，是为了阻止我们重复它?”

如果你想让人物的声音逐渐淡去，就要使用省略号，而不要告诉我们，他的声音渐渐消失了。

切忌：“所以你是在说……”他让他的声音渐渐消失了。

那是冗余。省略号会告诉我声音在渐渐消逝。直接向前进入动作或者另一个人物的发言就好了：

“所以你是在说……”他看了看他的鞋子。

或者：

“所以你是在说……”

“什么？我说了什么？”

引语源、副词、动作标签

“那么对话中的引语来源有什么可说的吗？”那个年轻的作者问。

“我会告诉你。”那位睿智的老作家说，“它并不复杂，但是很重要。”

“我洗耳恭听!”年轻作家郑重宣布。

睿智的老作家扇了他一个耳光。“再也不要郑重宣布任何东西。听着就好了。”

让“说”作为你的默认选择。

引语源的出现，是为了让读者知道说话的人是谁。简简单单的“说”字会完成这件事，然后优雅地转身离去。有些作家有一种错误的印象，认为用“说”字不够有创造力。于是千方百计寻找各种办法来回避对它的使用。

这几乎总是错误的。

读者不会注意到“说”这个字，哪怕正当它发挥作用的时候。任何用于替换“说”字的词，都会让读者多耗费一些工夫（下面会详细展开谈)。

与此相反，也有可能发生“说”字的滥用现象。这有时会出现在冷硬小说里，像下面这样：

> “开门。”杰克说。
>
> “门开着呢。”萨姆说。

“你都不锁门吗？”杰克说。

“周二不锁。”萨姆说。

“真古怪。”杰克说。

“今年流行古怪。”萨姆说。

在这里，“说”字被毫无理由地强加给读者，感觉好像是每读一句对话，就有人拿着橡胶锤子在你的脑壳上敲了一下。所以，当说话的人很明显时，干脆去掉所有的引语源：

“开门。”杰克说。

“门开着呢。”萨姆说。

“你都不锁门吗？”

“周二不锁。”

“真古怪。”

“今年流行古怪。”

你可以用“问”字吗？他问。

有些老师会对你说，永远不要在问号后面使用“问”字。他们会说，这太冗余了。

我觉得不必如此严苛。在问号后面，我会用“说”字，但为了增加变化，也会用“问”字。我对此没有一定的规范。哪个字在当时听起来感觉对，就用哪个字。

至少到现在为止，还没有人抱怨过我这一点。

只有当绝对需要时才使用其他替代词。

有些时候，你也许需要找到一个用来替换的词，比如“耳语”。

还有“低吼”、“咆哮”、“吐出”、“臆测”这些词怎么样?

要当心。场景的基调和人物的言语本身，就应该足以告诉读者，说话的方式如何，这几乎没有例外。与其去翻词典找词，不如多下些工夫，让言语和行动本身更加生动。我们不希望看到下面这种情况发生：

“把那个东西放下!”查尔斯强调着大叫。

“但它是属于我的。”奥斯瓦尔德声明。

“把那个东西放下。”查尔斯再次重复了刚才的话，这次稍微镇静了一些，但仍然毫不退让。

“你真是个固执的人。”奥斯瓦尔德怨念地说。

简直不忍卒读。而“镇静”、“怨念”又是怎么一回事？这就是我们要说的下一条：

杀死大多数副词，但对某一些要手下留情。

在这一点上，我不想做“终结者”。我不是要去执行一个杀死副词的任务，直到它们死光，绝不停手。我只是认为，最好让对话本身，以及周边的动作，来表明某件事情是如何被说出口的。

但在有些情况下，如果副词是提示某件事最经济的形式，我也会使用。也许这会让吹毛求疵的文字洁癖者感到不痛快，但我是在为读者写作的。大多数读者不会在意偶然出现的副词。他们也不会对文字如此敏感。

偶尔可以把“说”字放在中间。

时不时地，为了把文字搅和起来，可以把“说”放在对话的中间，把它放在第一个自然的断点之后。

> “我想我最好离开，”米莉森特说，“在我情绪失控之前。”

如果一个人物用到另一个人物的名字，为了强调，你可以把对话像这样切开：

> “洛基，”米奇说，“这是你一生中最硬的一仗，更别提你已经70岁了。”

用动作增加丰富性，但不要一味地使用。

因为对话是行动的一种，我们可以用肢体动作来协助言语动作。这就是所谓动作标签（Action Tag）。

和简单的一个“说”字不同，动作标签可以提供一个人物的身体动作，比如在丽莎·萨姆森的《女性直觉》（*Women's Intuition*）中：

> 玛莎把她的音乐播放器塞进背包。“不管怎么说，爸爸，反正她现在已经在吃无糖餐了。”
>
> 他转过身，面向我，一脸惊讶。“你是说真的？怎么会呢？”

动作标签也可以跟在一句话后面：

> “过来，亲爱的。”哈里特向门口转去。

警告：不能每次都用这种做法来代替“说”字。有些作家试图在整本小说中都不使用引语源，但问题在于：每当出现一个动作，哪怕只是一个很单纯的动作，读者都会在心里形成一幅图像。出现太多，就会变成一种劳作，因为读者的头脑总是想从图像中追问出某种意义来。阅读的体验会变得像是在一条布满一系列减速带的公路上行驶。

约翰把双腿交叉起来。“那么你打算怎么做呢?”

玛莎用她的手指敲打着桌面。“我还没有决定呢。”

约翰叹了一口气。“好好想想吧。”

玛莎把手伸向她的酒。“我没办法思考。”

约翰挠了挠自己的鼻子。

“这个地方太诡异了。”玛莎环顾了一下餐厅。

约翰清了清喉咙。“也许我们根本不该到这儿来。”

明白我的意思了吗？使用动作标签，仅仅是为了增加一点变化，但不要一味地使用。最理想的情况是，动作同时可以反映出场景的基调和人物的感受。下面这个从苏珊·柯林斯的《饥饿游戏：嘲笑鸟》（*Mockingjay*）中选取的片段，就做到了这一点：

我弹了起来，把脾气发在了一个装了一百多支铅笔的盒子上，铅笔散落了一地。

“这是干什么？”盖尔问。

“不可能停火。”我斜下身子，摸索着把那些暗灰的石墨制成的小棍子塞回盒子。“我们没有回头路了。”

“我知道。”盖尔把几支铅笔扫到手里，又将它们在地板上排成列。

“不管皮塔说的那些话背后有什么理由，他都错了。”这些愚蠢的棍子就是不肯进到盒子里去，我在沮丧中折断了好几支。

他把盒子从我的手中抢了过来，用灵巧精准的动作把它重新装满。

“他不知道他们对12区做了什么。如果他也能看到地上那些——”我忍不住要发作了。

“凯特尼斯，我不是在反驳你。如果我能按一个按钮，就杀死每一个为都城卖命的活人，我一定会按下去的。毫不犹豫。”他让最后一支铅笔滑入盒子。然后把盖子轻轻盖上。“问题在于，你打算做什么呢？”

方言

在19世纪的小说中，那种呈现奴隶方言的方式随处可见。例如，在斯托夫人的《牧师的求婚》（*The Minister's Wooing*）中，一种本地的说话方式听起来是这样的：

“那孩儿得被惯坏，因为别个儿都盯着他；他不赖，就别管他了。”

(Dat ar' chile gwin' to be spiled, 'caue dye's allers apicki' at him; he's well enough, on'y let him alone.)

方言的大量使用，在今天是会引人皱眉的。意思是说，读者读到的时候会皱起眉头，而编辑和出版商读到的时候，则会横眉立目。

这意味着，方言要适度地使用，而且一定要配合策略和目的使用。

这几乎是历史小说专属的用法问题。作者想让读者知道，一个人物是在用某种时代性语言说话，但并不想让文字失去可读性。答案就是，给读者一点点方言的味道，然后拉回正调，只时不时地提示一下就好。

丽兹·柯蒂斯·希格斯的《刺在我心》（*Thorn in My Heart*）是一部背景设定在18世纪苏格兰的小说，她在其中展现出高超娴熟的技艺。在下面的场景中，一个名叫杰米的人物正骑在马背上，有点迷路。他来到一个小木屋前，住在木屋里的牧羊人走出来跟他打招呼。

> “上哪嘎达去呀，哥们儿？”（D'ye ken whaur ye're goin'，lad?）
>
> 杰米模棱两可地指了指沼泽的方向。“新加洛威东边，然后沿着肯河的河岸向南。”
>
> 牧羊人打量了一下这匹马和骑马的人，眉毛弯了起来。“这可不是体面人爱走的道。”
>
> 杰米只是耸了耸肩膀，表示同意，希望就此打住更多的问题。

“俺叫高迪·布里格斯。”牧羊人朝木屋甩头示意，发出了邀请，“一起整点儿晚饭？没啥好东西，只有肉汤和面包，你可能没咋吃过这些，但——”

第一句是纯粹的方言。读者通过这句话，可以推断出这是个带着浓重苏格兰腔的男人。没错，这需要搭上点儿功夫，但几次小小的呈现还是没问题的。在读者脑海中种下了最初的那个声音后，希格斯从那一点起，使用方言的地方就少多了。只是偶尔出现一个词提示一下。

于是，我们得到如下指导原则：

1. 判断方言对于一个场景是否是必需的。

2. 如果是必需的，在说出的第一句话中使用方言。

3. 在此之后，要适度使用，只当作对读者关于这一口音的提醒。

背景故事

有时候，你会需要一个人物展示他的背景故事（人物历史或其他发生在小说开始前的信息）。下面以约翰·迈克帕特兰在1953年写的一部小说《大红的女儿》（*Big Red's Daughter*）为例。大反派巴迪·布朗喝醉了。主人公吉姆·沃克带巴迪去一家餐厅喝咖啡。在小说的这一节，读者认为巴迪只是一个有反社会人格的家伙。

> "现在怎么说?"服务员转身走开后，我问他。
>
> 他向下看了看他的杯子，然后缓缓抬起头，眼神落在我的身后。
>
> "我年少在纽约时，有一次被人追杀。"他说。
>
> 我等他说下去。
>
> "那是十年前的事了。那时我才十五岁。"现在，他听起来几乎已经清醒了。他耳语般的嗓音模糊了一些词，但他所言之物对于他而言是如此真实，以至于他的醉意就像一件刚刚被披上一会儿的沉重的斗篷，从他身上滑落了。
>
> "我们三个在中央公园的角落里堵住了那个姑娘。她身边还有个女孩儿，但我们只想要她，因为她的男人

是街上一个团伙的老大。我们把她的裙子撩起来，盖住她的头和胳膊，这样她除了叫喊以外什么都做不了了。我们稍微揍了她一顿，就跑了。我们干这件事的时候都在大笑，因为我们刚吸了毒，正兴奋着呢。但过了一会儿，毒品的劲儿就过了。

“我们当时就是一群小流氓，我们没有自己的窝点，都还在和爹娘住在一起。第二天，我们不敢上学，也不敢上街。我们心里清楚会发生什么。那个老大和他的团伙找到了李——我们的一个朋友——在他的家里。他们把他给办了，当着他的老妈和小弟弟们等人的面。他们给他剩了半条命，但那也是他们给他剩下的全部东西了。我不知道他后来怎么样了——也许死了。他什么都不剩了，什么都没了。你明白吗?”

他看了看坐在桌子对面的我，淤青而苍白的脸有一点扭曲。

“我和米克，我们从家里跑了。那些家伙跑到我家里来，逼问我父亲，问我躲到了哪里。他不知道，于是他们给他放了一个大招。他一辈子也不可能恢复过来了。”

这个纤瘦而醉醺醺的男孩儿轻声低语，眼神缥缈，讲述这些事情的时候全情投入，仿佛自己又重新亲身经历了一番似的。

故事还没结束。但我们需要注意的是，迈克帕特兰是如何使用段落和反应节拍切割演说的。这让绵长的叙事避免成为一大块一大块的独白。

内部对话

有时候，你不得不和自己好好谈谈。

在小说里，这叫作内部对话（inner dialogue）。这与内心独白（inner monologue）并不完全一样。仔细思考此二者之间的差别，对我们有益无害。

内心独白是人物内心的言语，是显示在纸面上的想法。它能够让读者深入人物内心：

我要做这件事。我要走进这座大楼，直奔弥尔顿先生的办公室，告诉他我对他的想法。我要站在椅子上，向他宣布，我要离开这家公司。而如果他不想让我离开，他知道自己能做什么。

内部对话则是人物对他自己讲话，几乎等同于他发出了两个声音：

那么我该怎么做？我知道我要做什么。我要走进这座大楼，直奔弥尔顿先生的办公室。但是，他们要是试图阻止我，那该怎么办？谁在乎呢？我不在乎。但也许我最好还是在乎。我可不想被拖住脚步。或者，也许我还是忘了整件事算了。

有时候，把一部分叙述转换成内部对话，也是一种不错的选择。下面是一段叙述：

他不知道母亲说的是不是真的。她说他生来就是个坏胚子，而长大以后则越来越坏。既然他现在已经是个冷血杀手了，也就意味着他的人格已经定型，不能再改变了。

下面，让我们把它转换成内部对话：

妈妈说的没错。你身上没有一点好。你生下来就不怎么样，还一直在变坏。冷血杀手，说的就是你。那又怎么样呢？这就是这个烂透了的世界的运行方式，你不杀人，别人就会来杀你。所以你现在是个大人物了。你杀人，那是什么感觉？她是对的，她一直都是对的。她从你还在肚子里的时候就看透了你。对不住了，老妈，你把我生下来，就得去承受和面对。

实验

实验性的小说从本质上就是让读者不容易进入的。如果这正是你的目的，那么就没有问题。很多作家懒得理会技巧上的成规。只要你对风险心里有数，并且能够满足于艺术上的回报，那就很好。

罗迪·道尔在《狙击手》（*The Snapper*）里展现了他独创的对话原则。至于这到底是更有效还是惹人厌烦，仍然有待公论。最终说了算的，还是读者，而且一直都是：

——你本该早点儿来找我们——你懂的，在之前——告诉我们你真的打算怀孕。

他们三个勉强地笑了出来。

——那样我们就能为此做点儿什么——虽然，我的天啊。

没有人说话。然后老吉米又开始说。

——你现在十分肯定了，是吗？肯定？

——是的，我肯定。我已经结束了——

——做了，维罗妮卡说。

——我做了检查。

——检查？老吉米说。——噢——你是自己进去的吗？

——是的。沙朗说。

另一种实验形式是，当对话出现时，完全不提供任何暗示，让读者自己去领会。

我们走，比利。

去哪儿?

码头。

码头是麦克过去最爱去的地方。

我不喜欢码头，麦克。

所以呢?

所以我不想去。

你会去的，麦克说。

他们去了码头。

我个人认为，这种做法让读者太辛苦了。但那正是实验性小说的意义之一，不是吗?

如果你知道你在做什么，而且愿意承担后果，就放手去做吧。

咒骂

我有几位写惊悚小说的小说家朋友。其中有两个取得了不温不火的——不是那种爆炸性的——成功。有趣的是，他们两个都被各自的出版商催着卸掉那些“F 炸弹”[①]。至少，也要降低使用的频率。

为什么？因为很多有钱买书的读者都不喜欢被那种词冒犯。“冒犯”，是这里的关键词。那感觉就像是你每隔几章就要被拳王梅威瑟的暴风拳敲打一阵脑袋一样。

我并不是在定什么规矩。你使用什么语言，取决于你自己。我只是献上一个“小贴士”。主流的出版商都认为，太多的“粗话”会影响销路。

但你要说了，我的对话是真实的！没有成堆的“F 炸弹”，我没法描写那些街头恶棍。

然而，史上最成功、最真实的电视剧《法律与秩序》却做到了，而且一星期接着一星期地播出着。你也许应该考虑去看几集，研究一下。

记住，小说不是纯粹的现实主义。小说是指向一个目的的一种风格化的现实主义。

① “F 炸弹”，指英文中以 F 开头的脏话单词。

而你的目的之一，就是吸引读者，而不是排斥他们。

我不是说你该这样写：

“噢，胡言！”那个古惑仔说。①

我是说，如果你真的乐意的话，是能够找到绕开难听话的方法的。

那么，怎么做呢？

——让语境足够明确，那样无论说话的内容如何，都能够达到你追求的基调和质感。

——试着用动作代替语言。例如，一个人物完全可以用打人或吐痰来取代咒骂。

——第一次写的时候，可以直接把咒骂写出来。隔一两天之后，重新读这一场景，看看能砍掉多少。

所以……使用脏话需谨慎。个人而言，我会回避乔治·卡林曾倡议过的不宜在电视上说出口的那七个词（想知道是哪些词的话，可以用谷歌搜索）。

---

① 原文为“fudge”，这里是在比拟一种夸张的避免使用脏话的可笑方式。

但我也清楚，很多作家并没有我这般犹豫，而那正是《宪法第一修正案》的强大精神所在。如果你也是那样的人，请随意忽略这一部分，写出你想写的任何……“见鬼的”言辞。

主题式对话

通过下面这个主题式对话练习，几乎可以让你故事的深度立即提升。

1. 陈述主题

在一份独立的文件中，让你的一个关键人物用一整页长的演说，把主题陈述出来。让他质疑、论证，当作向大众公开一样进行。

马龙·白兰度和爱娃·玛丽·森特主演的《码头风云》(*On the Waterfront*) 是我最喜爱的电影之一。它的主人公是一名退役的拳击手，特里·马洛伊，他现在是一个黑帮头目的马仔。

在黑帮杀害了一位可能对他们不利的证人之后，特里与受害者的妹妹伊蒂产生了联系。伊蒂对于特里在自己哥哥死亡一事中的共谋身份一无所知，而被他深深吸引，而他也同样迷上了她。

伊蒂是一个与特里完全相反的人。特里的信条是“在别人能动手之前，自己该先动手”。而伊蒂则笃信着我们每个人都是“彼此的一部分”。

这部电影要解决的问题是，特里最终会选择哪一种哲学。当然，最后一定是伊蒂的哲学取胜。

所以，让我们请伊蒂来把她的哲学直接陈述出来。它也许会是这样的：

> 我相信我们都是彼此关联的。我们同为人类，而且就像约翰·多恩所说的那样，没有人是一座孤岛。一个人的行为会影响到其他人。如果这不是真的，谁知道这个世界的样子会有多么可怕？我们在地球上的使命，就是见证这一真理，用一切可能的方式，通过一切可能的途径，团结每一个可能的人。哦，有些人会称此为天

真，但除非我们愿意冒这个险，否则世界只会变得更糟糕。有些人也许会说，这是无望的浪漫。但没有浪漫，我们还有什么值得为之奋斗的呢？

2. 让相反的论辩从另一个人物口中说出

我没有受过教育，那是给蠢蛋们准备的。你需要学习的东西，要在被打得鼻青脸肿的过程中去学，要学着把对方打倒。那才是真正的教育。你只有这么干，才能被那些真正有实力的人看上，你懂吗？那些人可以花两百美金买一套西装，想穿随时就能买，根本不用过脑子。那是一种人，剩下的我们是一种人。如果你想跟对人，你就得忘掉那些你的老师们想让你学会的软绵绵的东西，用你自己的拳头解决问题。伙计，想活下去，你就得这样才行。

3. 下面，把这些转化成两个人物之间真正的争论

把主题放入一段紧张焦灼的谈话中，会让它自然地表达

出来，而毫无说教的感觉。下面是《码头风云》影片中真实的对话：

伊蒂："你以前真的是职业拳击手吗？"

特里："我过去是。"

伊蒂："你是怎么对这一行产生兴趣的？"

特里："我也不知道。我不得不放弃我的全部生活，所以我最好能从中赚到点钱。在我还是个小孩子的时候，我的老爸被人弄死了。不用在意是怎么回事。然后，他们就把我和查理丢到了一个他们叫作'儿童之家'的垃圾堆里。嗅，那可真是好一个'家'啊。不管怎么样，我从那里跑了出来，然后就在俱乐部里跟烟鬼打架，还卖报纸，然后约翰尼·弗兰德利就买下了我。"

伊蒂："买下了你？"

特里："没错。我当时在那里，有一阵子干得挺不错的。在那之后……你并不真的关心这些吧？不是吗？"

伊蒂："难道不是每个人都需要关心其他人吗？"

特里："姐们，你真是个蠢蛋。"

伊蒂："我的意思是，不是每个人都是其他人的一部分吗？"

特里："你真的相信这套胡话？"

伊蒂："是的，我相信。"

（酒水上来了。）

特里："来吧。一杯给我们的淑女，一杯给男士。我们喝第一杯，希望不是最后一杯。"

（伊蒂抿了一口。）

特里："不对，不是这样。一口干了。"

（特里喝光了他的那杯酒。）

特里："哇呜。"

（伊蒂喝光了她的酒，浑身猛地一颤。）

伊蒂："哇呜。"

特里："你想听听我的人生哲学吗？'在别人动手之前，自己该先动手。'"

伊蒂："我从来没有遇到过像你这样的人。在你的整个身体里，没有一星半点的情感、浪漫或者人性的悲悯。"

特里："善良除了会给你找麻烦，还能给你带来什么？"

伊蒂："那么，当有什么人或者有什么事挡住了你的路，你就只会把他们踢到一旁，甩掉他们。这就是你的想法？"

特里："你说这话的时候不要盯着我看。乔伊身上发生的事情不是我的错。干掉他又不是我的主意。"

伊蒂："谁又这么说了呢？"

特里："每个人都把在锅往我身上扣。你和教堂里的那些家伙，还有巴里神父。我不喜欢他看我的眼神。"

伊蒂："他看每个人的眼神都是一样的。"

特里："哦？是吗？这个巴里神父到底掩盖着什么？他有什么诡计？"

伊蒂："他的诡计？"

特里："对，他的诡计。每个人都有自己的诡计。"

伊蒂："可是，他是个牧师呀。"

特里："你在开玩笑吗？那又怎么样？没有任何区别。"

伊蒂："你不相信任何人，是吗？"

特里："听着，在这个世界上，每个人都是为了自己。这叫作生存。只有跟着正确的人，你的口袋里才能有几个硬币。"

伊蒂："如果不这样呢？"

特里："不这样？马上就会完蛋。"

伊蒂："这样活得简直像动物一样。"

特里："这么说吧。我宁愿像动物一样活着，也不想结局跟……"

伊蒂："跟乔伊一样？你是不敢提他的名字吗？"

这里有一个额外奖励的小提示：

看到特里的最后一句话了吗？"我宁愿像动物一样活着……"

呈现你的主题，有一种很酷的方法：让在结尾发生改变的人物在开篇陈述与主题截然相反的观点。

比如，在《绿野仙踪》（*The Wizard of Oz*）里，桃乐茜学到的道理是什么？"没有一个地方可以和家相提并论。"而在第一幕，她则发表了相反的观点。农场里没有人倾听她的烦恼。她只能同小狗托托讲话，心想着一定有这么一个地方，可以让她们前往，从此摆脱所有的烦忧。“你觉得有这样一个地方吗，托托？一定有的。这是一个你坐船或者坐火车都到不了的地方。它很远，很远，在月亮的另一边，在雨的另一边——”（音乐声起）

那么《生活多美好》（*It's A Wonderful Life*）是什么情况呢？乔治·拜利在最后终于意识到，他在从小长大的小镇里的生活，他的那些朋友是多么重要。而在开始的时候，当他还是个小男孩时，他则持相反的论调。为了人生，真正的人生，他必须出游，去冒险。“你们瞧着吧，总有一天我会出去探险。我会有一群小妾，也许有三四个老婆。等着瞧吧。”

这种“辩持对立观点”将为故事创造出一道漂亮的主题弧度。

所以，在你自己的小说中，一旦确立了主题，就让你的主人公（或将要发生改变的人物）在第一幕的某个时间点，来反驳这个主题吧。

喜剧调剂

关于虚构性对话，有一个永远被忽视的重要功能，就是通过对话加入喜剧的调剂。如果你能在一个戏剧化的语境中无缝衔接一段轻巧的闲谈，会让读者觉得格外舒心。

在我的惊悚小说《完整真相》（*The Whole Truth*）中，我的主人公赶到一家医院，迫不及待地渴望着与一个人见面。我在此处插入了一道障碍，形式是让两个年长的志愿者拐弯抹角地互相攻击。

> 医院建在山脚下，是一栋灰绿色的三层建筑，窗棂上着漆。就在正门里面，两位上了年纪的女人坐在接待台前。她们穿着蓝色的工作服，配有黄色的标签，上面写着“志愿者”。其中一位头发花白打卷，另一位把头发染成了自然界不存在的一抹红色。
>
> 史蒂夫进来的时候，她们显得惊喜而愉悦，好像他是一匹驿马，正冲向城堡里面。

她们争抢着打第一声招呼。卷头发说出“有什么能帮——”的同时，红头发也说出“您来这里找谁——”

她们停下来，互相看着对方，既懊恼，又觉得对方滑稽。然后重新转向史蒂夫。

然而她们依然抢着开口，盖住了彼此的声音。

“我来帮你们。”史蒂夫说，“我在找一位医生，某位——”

“你受伤了吗？”卷头发问。

“我们的急诊入口在那边。”红头发说。

“不是，我——”

“噢，不过我们这里刚送来了一个被枪击的人。”卷头发说。

“一个有色人种。”红头发说。

“黑人，丽芙。他们不喜欢被叫作有色人种。”卷头发说。

“我总是忘记。”红头发摇了摇头。

史蒂夫说：“我想找一位特定的医生——”

“我们这里不负责推荐。”卷头发说，“不过如果你——”

红头发插嘴说：“我们有一座诊疗楼，就在下一个街区，如果你愿意——”

“他并没有问诊疗楼。”卷头发打断了她。

“我知道，但如果他要找一位医生，就该从那里开始。”

“不是随便一个医生。”我[①]说，“一位特定的医生，叫作沃克·C·菲利普斯。”

志愿者忽然沉默下来。似乎没有人愿意接这个茬。

“他还在行医吗？”史蒂夫问。

红头发向前俯身，低声说：“他把行医执照丢了。”

“可怕的悲剧。”卷头发说，摇着她的头。

“他喝酒啊。”红头发补充说，用自己的手比划着不停喝酒的动作。

“这是什么时候的事？”史蒂夫问。

“噢，应该有，多少，十年了吧，至少。”卷头发

① 此处应为史蒂夫，原文中为I，疑为作者笔误。

说，“他的老婆离开了他，你知道吧。”

“啊，不，我并不知道。”

那两个女人点了点头。

“是否能告诉我，他还在附近吗？”

“喔，他搬走了。”红头发说，“到蒂哈查皮去了。”

“我怎么记得他去的是蒂梅丘拉。”卷头发说。

“不，是蒂哈查皮。”

“他搬到监狱那里去了。”

“那就是蒂哈查皮。”

“不对，是蒂梅丘拉。”

“噢，不是的。我有个外孙女在蒂梅丘拉。”

“但那并不能说明——”

“（如果是蒂梅丘拉）我会记得的。”

“不好意思。”史蒂夫说，“也许医院这里有人知道确切的情况吧？”

多年来，这本书受到很多谬赞，而其中大多数都提到了这两个人物，虽然她们在全书只出现过这么一次。

任何小说或剧本都能够在戏剧调剂中获得好处。它们写起来也是很有趣的。这是一个创造古怪人物的机会，还可以借此让他们说出一些令人难忘的语句。

而这总会让阅读的体验变得更加美妙舒适。

旧时期对话

你知道什么东西最让我抓狂吗？就是那种听起来过于当代的旧时期对话。来自我们这个时代的用语被“运输”回一部以中世纪为背景的惊悚小说中去。

“那简直太酷了。”兰斯洛特爵士说。

但我不得不承认，也许我是少数派。大多数当今的读者并没有我这种耳朵。

事实上，如果你真的想要还原旧时期对话，其中很大一部分都会是让读者无法理解的。如果你正在写一部设定在莎士比亚时代的惊悚小说，你不会希望你的读者磕磕绊绊地去读这样的话：

> “咄！”约翰·史密斯说，“予谓癫蓝者，隳堕此良宵。”（“Zounds,” said John Smith, “methinks the prenzie Fortanbleu doth wax gruellingly this freolic night.”）

那么，答案在哪里呢？一条很好的经验法则是，用语越中性越好，然后时不时地插入一两处旧时期的辞藻。

当你这么做的时候，要使用语境来给这个词下好定义。

“停下你的自吹自擂吧！你的呱语①已经让我们受够了！”

严格意义上来讲，我并不知道呱语是什么东西，但是从这句话中很容易推测出其大意。这样就没问题了。如果读者能够得到一点有关这个词意义的提示，他们就没必要去翻牛津词典了。

另外还有一个小提示：描写受教育程度高和上等阶层的人物时，你可以取消缩写，于是，

> “I'm going to the tournament, and I'll be ready to

① 原文为 gylpwords，系作者生造的一个词。

fight," Sir Lancelot said.（"我会去参加锦标赛，而且我已经准备好去战斗了。"兰斯洛特爵士说。）

就不如：

"I am going to the tournament, and I shall be ready to fight," Sir Lancelot said.

但是对于特定时期处于较低阶层的人物而言，语言就要显得不那么正式一些。你可以创造一些属于你自己的缩写，就像莎士比亚在《哈姆雷特》(*Hamlet*) 中为掘墓人设计的那样：

"I' faith, if he be not rotten before he die."（老实说，要是他死之前没有腐烂。）

做一些调查研究是必要的。阅读那个时期的书籍、信件和日记。拾起那时候的调子。

旧时期对话有点棘手，但是如果你真的能做好，会给人以极大的满足。

作者拾记

都在这里了。我所了解的有关创作令人炫目的对话的所有东西都在这里了。所有这些，我自己都亲身实践过，而且这么多年来一直在教授它们。

我真的希望这能够帮到你。如果真能如我所愿，并且你也有心于此，请抽出一点时间，在亚马逊（Amazon）或巴诺书店（Barnes & Noble）或任何一家你购买此书的场所留下你的评论。我们这些作者对此满怀感激！

想了解我所有关于写作的著作，请访问我的个人网站上"For Writers"（作者请进）一页。在那里，你可以注册以便接收我的不定期电子邮件，并收到我的更多关于写作的指导以及小说的信息。我不会以任何理由向任何人透露你的邮箱信息。

再次感谢，以及……坚持写作吧。

创意写作书系

这是一套广受读者喜爱的写作丛书，系统引进国外创意写作成果，推动本土化发展。它为读者提供了一把通往作家之路的钥匙，帮助读者克服写作障碍，学习写作技巧，规划写作生涯。从开始写，到写得更好，都可以使用这套书。

综合写作		
书名	作者	出版日期
成为作家	多萝西娅·布兰德	2011 年 1 月
一年通往作家路——提高写作技巧的 12 堂课	苏珊·M. 蒂贝尔吉安	2013 年 5 月
创意写作大师课	于尔根·沃尔夫	2013 年 6 月
作家创意手册	杰克·赫弗伦	2015 年 1 月
与逝者协商——布克奖得主玛格丽特·阿特伍德谈写作	玛格丽特·阿特伍德	2019 年 10 月
心灵旷野——活出作家人生	纳塔莉·戈德堡	2018 年 2 月
诗性的寻找——文学作品的创作与欣赏	刁克利	2013 年 10 月
写好前五页——出版人眼中的好作品	诺亚·卢克曼	2013 年 1 月
写好前五十页	杰夫·格尔克	2015 年 1 月
从创意到畅销书——修改与自我编辑	詹姆斯·斯科特·贝尔	2016 年 1 月
来稿恕难录用——为什么你总是被退稿	杰西卡·佩奇·莫雷尔	2018 年 1 月
虚构写作		
小说写作教程——虚构文学速成全攻略	杰里·克里弗	2011 年 1 月
开始写吧！——虚构文学创作	雪莉·艾利斯	2011 年 1 月
冲突与悬念——小说创作的要素	詹姆斯·斯科特·贝尔	2014 年 6 月
情节与人物——找到伟大小说的平衡点	杰夫·格尔克	2014 年 6 月
人物与视角——小说创作的要素	奥森·斯科特·卡德	2019 年 3 月
情节线——通过悬念、故事策略与结构吸引你的读者	简·K. 克莱兰	2022 年 3 月
经典人物原型 45 种——创造独特角色的神话模型（第三版）	维多利亚·林恩·施密特	2014 年 6 月
经典情节 20 种（第二版）	罗纳德·B. 托比亚斯	2015 年 4 月
情节！情节！——通过人物、悬念与冲突赋予故事生命力	诺亚·卢克曼	2012 年 7 月
如何创作炫人耳目的对话	詹姆斯·斯科特·贝尔	2016 年 11 月
超级结构——解锁故事能量的钥匙	詹姆斯·斯科特·贝尔	2019 年 6 月
故事工程——掌握成功写作的六大核心技能	拉里·布鲁克斯	2014 年 6 月
故事力学——掌握故事创作的内在动力	拉里·布鲁克斯	2016 年 3 月
畅销书写作技巧	德怀特·V. 斯温	2013 年 1 月
30 天写小说	克里斯·巴蒂	2013 年 5 月
从生活到小说（第二版）	罗宾·赫姆利	2018 年 1 月

虚构写作		
小说创作谈	大卫·姚斯	2016 年 11 月
写小说的艺术	安德鲁·考恩	2015 年 10 月
成为小说家	约翰·加德纳	2016 年 11 月
小说的艺术	约翰·加德纳	2021 年 7 月
非虚构写作		
开始写吧！——非虚构文学创作	雪莉·艾利斯	2011 年 1 月
写作法宝——非虚构写作指南	威廉·津瑟	2013 年 9 月
故事技巧——叙事性非虚构文学写作指南	杰克·哈特	2012 年 7 月
光与热——新一代媒体人不可不知的新闻法则	迈克·华莱士	2017 年 3 月
自我与面具——回忆录写作的艺术	玛丽·卡尔	2017 年 10 月
写出心灵深处的故事——非虚构创作指南	李华	2014 年 1 月
写我人生诗	塞琪·科恩	2014 年 10 月
类型及影视写作		
金牌编剧——美剧编剧访谈录	克里斯蒂娜·卡拉斯	2022 年 3 月
开始写吧！——影视剧本创作	雪莉·艾利斯	2012 年 7 月
开始写吧！——科幻、奇幻、惊悚小说创作	劳丽·拉姆森	2016 年 1 月
开始写吧！——推理小说创作	劳丽·拉姆森	2016 年 7 月
弗雷的小说写作坊——悬疑小说创作指导	詹姆斯·N. 弗雷	2015 年 10 月
好剧本如何讲故事	罗伯·托宾	2015 年 3 月
经典电影如何讲故事	许道军	2021 年 5 月
童书写作指南	玛丽·科尔	2018 年 7 月
网络文学创作原理	王祥	2015 年 4 月
写作教学		
小说写作——叙事技巧指南（第十版）	珍妮特·伯罗薇	2021 年 6 月
你的写作教练（第二版）	于尔根·沃尔夫	2014 年 1 月
创意写作教学——实用方法 50 例	伊莱恩·沃尔克	2014 年 3 月
故事工坊（修订版）	许道军	2022 年 1 月
大学创意写作·文学写作篇	葛红兵 许道军	2017 年 4 月
大学创意写作·应用写作篇	葛红兵 许道军	2017 年 10 月
小说创作技能拓展	陈鸣	2016 年 4 月
青少年写作		
会写作的大脑 1——梵高和面包车（修订版）	邦妮·纽鲍尔	2018 年 7 月
会写作的大脑 2——怪物大碰撞（修订版）	邦妮·纽鲍尔	2018 年 7 月
会写作的大脑 3——33 个我（修订版）	邦妮·纽鲍尔	2018 年 7 月
会写作的大脑 4——亲爱的日记（修订版）	邦妮·纽鲍尔	2018 年 7 月
奇妙的创意写作——让你的故事和诗飞起来	卡伦·本基	2019 年 3 月
成为小作家	李君	2020 年 12 月
写作魔法书——让故事飞起来	加尔·卡尔森·莱文	2014 年 6 月
写作魔法书——28 个创意写作练习，让你玩转写作（修订版）	白铅笔	2019 年 6 月
写作大冒险——惊喜不断的创作之旅	凯伦·本克	2018 年 10 月
小作家手册——故事在身边	维多利亚·汉利	2019 年 2 月
北大附中创意写作课	李韧	2020 年 1 月
北大附中说理写作课	李亦辰	2019 年 12 月

图书在版编目（CIP）数据

如何创作炫人耳目的对话/（美）詹姆斯·斯科特·贝尔（James Scott Bell）著；修佳明译．—北京：中国人民大学出版社，2016.11
（创意写作书系）
书名原文：How to Write Dazzling Dialogue：The Fastest Way to Improve Any Manuscript
ISBN 978-7-300-23459-5

Ⅰ.①如… Ⅱ.①詹… ②修… Ⅲ.①文学写作学 Ⅳ.①I04

中国版本图书馆 CIP 数据核字（2016）第 237460 号

创意写作书系
如何创作炫人耳目的对话
［美］詹姆斯·斯科特·贝尔　著
修佳明　译
Ruhe Chuangzuo Xuanrenermu de Duihua

出版发行	中国人民大学出版社		
社　　址	北京中关村大街 31 号	**邮政编码**	100080
电　　话	010－62511242（总编室）		010－62511770（质管部）
	010－82501766（邮购部）		010－62514148（门市部）
	010－62515195（发行公司）		010－62515275（盗版举报）
网　　址	http://www.crup.com.cn		
经　　销	新华书店		
印　　刷	北京联兴盛业印刷股份有限公司		
开　　本	890 mm×1240 mm　1/32	**版　　次**	2016 年 11 月第 1 版
印　　张	6.125 插页 2	**印　　次**	2024 年 7 月第 6 次印刷
字　　数	79 000	**定　　价**	36.00 元